JE SUIS UN ÉCRIVAIN JAPONAIS

Né à Haïti en 1953 et vivant à Montréal depuis plus de trente-cinq ans, Dany Laferrière est l'auteur de romans salués par la critique : *Vers le sud* (2006), *Je suis un écrivain japonais* (2008), *L'Énigme du retour* (prix Médicis 2009), *Tout bouge autour de moi* (2011). Traduit dans une quinzaine de langues, Dany Laferrière pose d'une manière toute personnelle la question de l'identité et de l'exil. Il a adapté lui-même plusieurs de ses romans au cinéma. En 2013, il a été élu membre de l'Académie française.

DANY LAFERRIÈRE

de l'Académie française

Je suis
un écrivain japonais

ROMAN

GRASSET

ISBN : 978-2-253-15667-3 – 1re publication LGF

Première leçon de style
les chants de repiquage
des paysans du nord.

BASHO.

*À tous ceux qui voudraient
être quelqu'un d'autre.*

Le plus rapide

Mon éditeur a téléphoné pendant que j'étais parti acheter du saumon frais. Il veut savoir où j'en suis avec ce foutu bouquin. On ferait mieux de parler saumon. Autrefois, je ne supportais pas le saumon. Quand j'en mangeais, je le vomissais dix minutes plus tard. La dernière fois, c'était chez une amie. J'avais mal visé le bol des toilettes. J'ai nettoyé sa salle de bains, me suis lavé le visage avant de retourner au salon. Je m'étais juré que c'était la dernière fois que j'en mangeais. Bon, ce n'était pas la première promesse non tenue. Je n'ai aucune obligation de tenir des promesses que je fais à moi-même – sauf peut-être celle d'écrire ce livre. La voix de mon éditeur me semblait bien aigre, malgré toute la chaleur qu'il a cru y mettre. Je le comprends un peu. Il ne m'avait pas vraiment tordu le bras pour écrire ce livre. J'étais le premier à hocher vigoureusement la tête quand il m'a dit qu'il fallait absolument que j'écrive un nouveau livre. Le mot « nouveau » m'effraie toujours un peu. Pourquoi un nouveau livre ? On devrait savoir, avec le temps, qu'il ne se fait plus rien de nouveau. Mais on s'y accroche. Le client veut toujours du nouveau. Je ne vais pas reprendre ce débat qu'il connaît maintenant par cœur. On en discute à chaque rencontre. Cela se passe dans son minuscule bureau (un jour, on devra le tirer sous les manuscrits bariolés et les bouquins rouges) ou dans un des cafés du coin. C'est un grand jeune homme avec des yeux un peu mappemonde et un sourire désarmant. De temps en temps, il passe ses mains dans ses cheveux, comme pour enlever tous les nuages qui s'y trouvent. On n'était pas encore au café que j'avais déjà trouvé le titre. Je suis bon pour les titres. Kurt Vonnegut Jr. aurait dit à sa femme qui m'a rapporté le propos (je parle comme un journaliste maintenant) que j'étais le plus rapide « titreur » d'Amérique. Le plus rapide titreur d'Amérique, bon j'accepte, mais j'aurais voulu savoir dans quel contexte il l'avait dit. Vonnegut était toujours hors contexte. C'était un peu sa spécialité d'ailleurs. A-t-on vraiment besoin d'un contexte pour être un champion au déjeuner ? Billy le Kid : le plus rapide tireur d'Amérique. Pas besoin de contexte. La phrase est complète et autonome. Il y a quand même le ton. L'avait-il dit sur un ton ironique ? Sa femme n'a pas précisé. Une façon de dire que je ne suis bon qu'à ça, et qu'avec moi nul besoin d'aller au-delà du titre. Après tout, c'est peut-être mieux qu'un mauvais titre qui vous empêche d'aller plus loin. On ne peut pas imaginer le nombre de bons livres qui circulent clandestinement à cause de mauvais titres. Dans les librairies, les rares commentaires que j'entends d'un livre, c'est à 90 % à propos du titre. Les lecteurs me demandent souvent comment tel titre m'est venu à l'esprit. Je ne sais pas, moi. Je reste assis un long moment, et subitement le titre vient. Pas même le temps d'y penser dix secondes, le titre était déjà là. Comme s'il m'attendait au tournant. Tu cherches un titre, toi ? On ne peut rien vous cacher. Alors il me saute à la gorge et se retrouve étalé sur la feuille blanche. Je dois le contempler longtemps, le tourner dans tous les sens. Chaque mot, que dis-je, chaque syllabe, chaque lettre doit être à sa place. Quel que soit le livre, ce sont ces mots qui le représenteront. Ce sont ces mots que l'on verra le plus souvent. Pour les autres, il faudra ouvrir le livre. Alors que ces mots seront toujours là sous nos yeux. Ils contiendront tous les autres mots du livre. Pas besoin de relire le livre de García Márquez, il suffit de dire *Cent ans de solitude* ou *À la recherche du temps perdu* s'il s'agit de Proust (on dit encore de Proust ? Ce titre n'est-il pas connu de tout le monde ?) et toutes les images du livre défilent alors devant nos yeux éblouis comme un rideau enluminé qui nous sépare de la déplaisante réalité. Et le temps de la lecture (les jours dans les cafés, les nuits près de la lampe), caché dans les replis de notre mémoire, remonte instantanément à la surface avec son cortège riche de sensations inédites. Un bon titre : quel fabuleux mot de passe !

Quand on avance un titre qu'on aime bien, il faut y aller prudemment. Généralement, l'éditeur veut vous entendre sur le contenu. De quoi s'agit-il ? On pose encore de pareilles questions idiotes. Pas le genre de mon éditeur qui se détache un peu de sa table sans cesser de sourire. J'en profite pour regarder quelques titres autour de moi. Rien de bon. J'ai donc lancé négligemment le mien par-dessus la pile de manuscrits. Quoi ? *Je suis un écrivain japonais*. Bref silence. Large sourire. Vendu ! On signe le contrat : 10 000 euros pour cinq petits mots. Dans l'euphorie, je raconte à l'éditeur l'anecdote de Vonnegut Jr. On parle déjà d'un bandeau : « Le plus rapide titreur d'Amérique. »

Mais on a vite laissé tomber, par pudeur. Voilà le problème de l'Europe : une trop grande conscience du ridicule. Ce n'est pas le ridicule qui nous tuera, mais sa peur. Si on a laissé tomber ce bandeau, c'est aussi à cause de l'ambiguïté du mot « titreur ». La grande majorité des lecteurs auraient lu sûrement « tireur », ou pire, « tueur ». En fait, on a été lâches. Revenons au titre. Il l'a pris dans ses mains comme un briquet dans un espace interdit aux fumeurs. Il l'a retourné dans tous les sens. Mon titre a gardé sa force à chaque fois. Subitement, il se met à l'écrire sur la nappe. C'est assez banal, tout compte fait – sauf le mot japonais. Dans mon cas, ce n'est pas une plaisanterie, car je me considère vraiment comme un écrivain japonais.

Chez le poissonnier

Quand on a le titre, le plus gros de l'ouvrage est fait. Mais il faut quand même écrire le livre. On ne peut pas y couper. Je nage encore entre le titre et le livre. Moment de flottement. Le temps de bien mesurer le chemin à parcourir. Pas pressé d'entrer dans le vif du sujet. On retourne dans sa tête les images qu'on voudrait voir dans le livre. On aimerait surtout qu'elles s'infiltrent dans notre chair, se mélangent à notre sang, pour qu'on puisse écrire avec notre pied, c'est-à-dire sans y penser. C'est pas facile de changer une idée en émotion. On est impatient, alors que ces transformations s'opèrent lentement. Le temps ignore notre impatience. Il en résulte une sorte d'angoisse diffuse qui nous accompagne partout, même à la poissonnerie. Le problème c'est qu'on ne sait pas de quoi se nourrit un tel monstre. On flâne. On s'assoit sur un banc de parc pour regarder passer les nuages. On s'amuse à voir une petite fille jouer avec son chien. On examine ce ciel au ventre bas et lourd d'orages noirs. On se prend à vouloir ouvrir son ventre pour voir si ça se nourrit d'angoisses ou d'images. On reste là, hébété. Ouvert. Tout peut entrer. Un moment d'accalmie. On hume l'air. On s'émerveille devant une simple feuille sèche qui vient de tomber de l'arbre. Le temps d'avant nous semble gorgé d'insouciance. Sale temps ce matin. On regarde les gens sans les voir. On les écoute sans les entendre. On est ailleurs, mais on ne sait où. On accorde trop d'importance au moindre détail. Et si tout à coup ça partait de ce détail-là ? On prend un numéro, et on fait la queue à la poissonnerie. On n'écoute plus, depuis un moment, les gens qui nous parlent, mais on examine attentivement ceux qui ne s'adressent pas à nous. On s'apprête à devenir tous les autres.

Le poissonnier, un Grec, me touche l'avant-bras en me remettant le saumon bien ficelé dans un papier brun.

— Êtes-vous en train d'écrire un second livre ?

J'ai écrit quatorze livres, mais lui, il en est resté au premier. Cela fait vingt ans qu'il me pose la même question. Ma réponse ne l'intéresse pas. Déjà passé à un autre client. Je lui lance, au moment de partir, pour voir sa réaction :

— Je suis un écrivain japonais.

Son regard revient vers moi.

— Comment ça ! Avez-vous changé de nationalité ?

— Non, c'est le titre de mon nouveau livre.

Un coup d'œil légèrement inquiet vers son assistant, ce jeune homme occupé à emballer les achats. Mon poissonnier ne regarde jamais directement la personne à qui il s'adresse.

— En avez-vous le droit ?

— D'écrire le livre ?

— Non, de dire que vous êtes japonais.

— Je ne sais pas.

— Avez-vous quand même l'intention de changer de nationalité ?

16

— Ah non… Je l'ai déjà fait une fois, ça suffit…

— Vous devriez vous renseigner là-dessus.

— Où ?

— Je ne sais pas, à l'ambassade du Japon… Vous me voyez me lever un matin et lancer à mes clients que durant la nuit je suis devenu un boucher polonais ?

— Je penserais plutôt à un poissonnier polonais, vu que vous êtes dans le poisson.

— Surtout pas un poissonnier polonais, fait-il en se tournant déjà vers le prochain client.

Un type qui donne son avis sur tout finit toujours par vous planter une aiguille d'inquiétude dans le crâne. Je vais quand même appeler mon éditeur là-dessus. Cela ne devrait pas poser de problème.

Le saumon angoissé

J'ai une façon particulière de préparer le saumon. Cela n'a rien à voir avec le saumon lui-même. C'est plutôt moi le problème. Je mets très peu d'eau dans une casserole avec du jus de citron, des tranches fines d'oignon, de l'ail frais, du sel, du poivre, du piment, et une grosse tomate rouge que j'écraserai plus tard pour ne garder que le jus. Je fais bouillir le tout pas plus de trois minutes. Ensuite, je baisse presque complètement le feu avant de déposer délicatement le saumon, de tout son long, dans la sauce. Je devrais normalement quitter la cuisine pour ne revenir qu'une vingtaine de minutes plus tard, et commencer à faire le riz et les légumes. Mais je reste planté là à regarder le saumon frémir. Et, sans raison, je commence à m'inquiéter. De quoi ? De tout. Pourquoi ? Je ne peux pas le dire. Faut pas faire attention à mes questions. Je fais continuellement les questions et les réponses pour oublier que je suis seul. Sinon, je me tais. C'est effrayant tout ce qu'il faut faire pour simplement se garder en vie. Là maintenant, des vagues successives d'inquiétude m'assaillent au risque de me noyer. On sue d'angoisse. Je commence à m'inquiéter pour ma mère, là-bas. Je n'ai pas beaucoup aimé sa voix la dernière fois qu'on s'est parlé au téléphone. Une petite voix grêle. Je sais que la voix de ma mère n'est pas forte, mais là c'était assez alarmant. Cela date bien d'un mois, mais c'est maintenant que je réagis. J'étais occupé, il est vrai. Occupé à quoi ? Je ne me souviens plus. Je n'ai rien d'autre à faire, en ce moment, qu'à regarder mon saumon mijoter. Ce qui m'attriste surtout c'est qu'elle aurait tellement aimé que je fasse un métier plus sûr. Et là, à plus de cinquante ans, je ne sais même pas quel type d'écrivain je suis. Ah oui, je n'y avais pas pensé, comment vont-ils prendre là-bas le fait que je sois devenu un écrivain japonais ? Je regarde le saumon se durcir tranquillement. Je finis toujours par lui refiler mon angoisse. Et je devrais encore manger du saumon angoissé. Je ne sais même plus si l'angoisse vient du fait que j'envisage d'écrire un nouveau livre ou de devenir un écrivain japonais. D'où l'interrogation fondamentale : C'est quoi un écrivain japonais ? Est-ce quelqu'un qui vit et écrit au Japon ? Ou quelqu'un né au Japon qui écrit malgré tout (il y a des peuples qui sont heureux sans connaître l'écriture) ? Ou quelqu'un qui n'est pas né au Japon, ni ne connaît la langue, mais décide de but en blanc de devenir un écrivain japonais ? C'est mon cas. Je dois me le rentrer dans la tête : je suis un écrivain japonais. Du moment que je ne sois pas cet écrivain nu qui pénètre dans la forêt des phrases avec un simple couteau de cuisine.

Une Asie de poche

Je ne connais personne qui vient d'Asie. Je suivrai n'importe quelle fille qui se prénomme Asie – on dirait de la soie. Asie me fait penser aussi à une arme blanche. Un cou tranché si vite. Un collier de gouttelettes de sang. Une rapidité dans la mort qui rassure. Je pense à ce continent comme un explorateur du XIXᵉ siècle. Je m'en fais une idée à partir de ma chambre. Je connais pourtant ce type qui traîne souvent près du square Saint-Louis. Je ne sais pas trop d'où il vient. L'Asie est si vaste. Lui, le sait-il aujourd'hui ? Quand quelqu'un n'est pas retourné chez lui depuis si longtemps, son origine perd de la pertinence. À quoi sert d'être d'un pays dont vous ne parlez même plus la langue ?

— T'es pas japonais par hasard ?

— Corée. Je suis coréen.

— Japon, Corée, c'est pas pareil, ça ?

Il me jette un coup d'œil furieux.

— Pourtant, dis-je, j'avais l'impression que vous aviez quelque chose en commun.

— Quoi ?

— L'Asie.

Décidément, j'aime ce mot. C'est le continent le plus proche d'Amérique. L'un est trop vieux ; l'autre, trop neuf. Et les deux commencent par la lettre A.

J'ai devant moi un être de chair et de sang, et je me confine dans la sémiologie. C'est mon côté européen.

— Que veux-tu au juste ?

— J'aimerais vivre une expérience japonaise…

Le Coréen n'est pas trop sûr que je sois sérieux. Je garde mon sérieux. Pour moi, c'est simple : tout est sérieux, et rien ne l'est vraiment. C'est ainsi que j'avance dans la vie. Même moi, je n'arrive pas à démêler chez moi le vrai du faux. C'est que je ne fais aucune différence entre ces deux choses. Pour dire vrai, ces histoires d'authenticité m'ennuient à mourir. Je parle du fait concret de mourir. Quand on évoque les origines en ma présence, je perds littéralement le souffle. On naît d'un endroit, après on choisit son lieu originel. Soudain le type semble comprendre ce que je cherche.

— Kama-sutra.

— C'est l'Inde, ça.

— Je sais, mais tout le monde croit que c'est japonais.

— Je ne suis pas tout le monde.

— Que veux-tu au juste ?

— Être dans les parages… Les odeurs, les couleurs, les frôlements…

— Je connais un jeune travesti…

— C'est mieux que ce soit une fille.

— Et deux jumelles chinoises ?

— Je n'ai pas dit la Chine.

— Tout ça c'est l'Asie, vous venez de le dire.

— C'est pas une question de géographie… Pour moi, le Japon c'est masculin, et la Chine, féminin. Je peux baiser la Chine, mais c'est le Japon qui m'aura.

— Tu crois pouvoir baiser la Chine !… Pourquoi pas la Corée ?

— Le Japon, ça fait plus moderne.

— Des ouvriers avec une caméra.

— Tu ne connais vraiment personne de Tokyo ?

— Si je trouve quelque chose, je te fais signe.

— Je peux te poser une question ? Ça fait combien de temps que tu n'es pas retourné en Corée ?

C'est la question qui combine l'espace et le temps.

— Je ne sais pas… J'ai perdu mon passeport.

— Et où tu le gardes ton pays ?

— Là, dans ma poche.

Ses yeux brillaient étrangement. Je me dirige vers la petite librairie du Square où j'avais fait commander un livre (*La Route étroite vers les districts du nord* de Basho). J'entends des pas précipités derrière moi. Je me retourne. Le Coréen.

— Hé, j'ai soif ! Tu m'as fait trop parler.

— Et alors ?

— Juste de quoi acheter une bière.

— Tu ne m'as rien donné, toi.

— Qu'est-ce que tu voulais ?

— L'Asie. Plus précisément le Japon.

Je le vois danser un moment. Il y en a qui réfléchissent avec tout leur corps. L'envie de bière fait son travail aussi.

— Ouais… Elle est chanteuse.

— C'est tout ce qu'il me faut.

— Je ne te garantis rien… Je peux juste te dire où elle se tient… Ce sera vingt dollars.

Je lui refile l'argent sans discuter.

— Café Sarajevo.

— Comment s'appelle-t-elle ?

— Midori.

Un lieu et un nom, et je n'ai besoin de rien d'autre pour commencer un roman.

C'est une guerre tenace entre le temps et l'espace. L'espace policier permet de t'identifier (Tu viens d'où, toi ?). Le temps cannibale te dévore cru. Né dans la Caraïbe, je deviens automatiquement un écrivain caribéen. La librairie, la bibliothèque et l'université se sont dépêchées de m'épingler ainsi. Être un écrivain et un Caribéen ne fait pas de moi forcément un écrivain caribéen. Pourquoi veut-on toujours mélanger les choses ? En fait, je ne me sens pas plus caribéen qu'un Proust qui a passé sa vie couché. J'ai passé mon enfance à courir. Ce temps fluide m'habite. Chaque nuit je rêve encore de ces orages tropicaux qui font tomber les mangues lourdes et sucrées dans la cour de mon enfance. Et aussi de ce cimetière sous la pluie. La libellule aux ailes translucides vue pour la première fois un matin d'avril. La malaria qui a décimé tout mon village et emporté mon premier amour, celle à la robe jaune. Et moi, fiévreux tous les soirs, en train de lire Mishima sous les draps. Et personne autour de moi pour me dire qui c'était Mishima. Je ne me souviens pas à qui appartenaient ces livres qui me semblaient encore en bon état. Que faisaient-ils dans cette petite ville endormie ? Laquelle de mes cinq tantes s'était entichée, à un moment donné, de Yukio ?

Était-ce l'écrivain préféré d'un des jeunes fiancés qui fréquentaient la maison ? On ne sait pas toujours par quel chemin un écrivain arrive dans une famille. Et je le lisais pour quitter cette prison du réel. Mais je ne me réfugiais pas pourtant chez Mishima – la littérature n'a jamais été un refuge pour moi. Mishima, je suppose, n'écrivait pas non plus pour rester chez lui. On se rencontrait ailleurs, dans un endroit qui n'était ni tout à fait chez l'un, ni tout à fait chez l'autre. Dans cet espace qui est celui de l'imaginaire et du désir. Me voilà trente-cinq ans plus tard rattrapé par la fureur de l'adolescence. Si le temps est circulaire, et si c'est la Terre qui tourne autour du Soleil, je n'ai qu'à rester un bon moment ici pour voir repasser devant moi l'époque mishimienne. Mettons-nous d'accord, je n'ai jamais été obsédé par Mishima. Adolescent, j'étais tombé sur un de ses romans au fond de la vieille armoire en même temps qu'une bouteille de rhum. D'abord une longue coulée de feu. J'ouvre ensuite le livre (*Le Marin rejeté par la mer*) et un essaim de voyelles et de consonnes survoltées me sautent au visage. Cela faisait un moment qu'elles attendaient de la visite. Et dans ce cas-là, on ne fait pas le tri. On ne regarde pas à la couleur. Le livre de Mishima ne s'est pas dit « tiens, voilà un bon vieux lecteur japonais ». Et moi, je n'ai pas cherché un regard complice, des couleurs reconnaissables, une sensibilité commune. J'ai plongé dans l'univers proposé, comme je le faisais si souvent dans la petite rivière pas loin de chez moi. J'ai à peine fait attention à son nom, et ce n'est que bien longtemps après que j'ai su que c'était un Japonais. Je croyais fermement, à l'époque, que les écrivains formaient une race bannie qui passaient leur temps à errer à travers le monde en racontant des histoires dans toutes les langues. C'était leur peine pour un crime innommable. Hugo et Tolstoï étaient des forçats. Car je ne voyais aucune autre explication pour écrire des romans aussi volumineux que je dévorais la nuit en cachette. Je les imaginais avec des chaînes aux pieds, assis à côté d'un énorme encrier taillé dans le roc. D'où ma réticence à écrire plus tard des bouquins épais. Je ne voudrais pas effrayer les enfants. Je suis étonné de constater l'attention qu'on accorde à l'origine de l'écrivain. Car, pour moi, Mishima était mon voisin. Je rapatriais, sans y prendre garde, tous les écrivains que je lisais à l'époque. Tous. Flaubert, Goethe, Whitman, Shakespeare, Lope de Vega, Cervantès, Kipling, Senghor, Césaire, Roumain, Amado, Diderot, tous vivaient dans le même village que moi. Sinon que faisaient-ils dans ma chambre ? Quand, des années plus tard, je suis devenu moi-même écrivain et qu'on me fit la question : « Êtes-vous un écrivain haïtien, caribéen ou francophone ? » je répondis que je prenais la nationalité de mon lecteur. Ce qui veut dire que quand un Japonais me lit, je deviens immédiatement un écrivain japonais.

Lire Basho dans le métro

J'entre dans la station de métro avec le livre de Basho (*La Route étroite vers les districts du nord* dans une traduction de Nicolas Bouvier). J'ai rencontré Bouvier à Toronto, il y a quelques années. On a pris un café ensemble. Si plein de vie et épuisé à la fois. Sa valise au pied de la table. Dialogue rapide entre deux aéroports – il filait à New York. On a continué la conversation en parlant de la bourgeoisie aztèque qui payait mal ses ouvriers qui devaient travailler au moins douze heures par jour sur des monuments couverts d'herbe aujourd'hui. Son taxi est arrivé. Je regarde ce profil presque basané et en sueur. Déjà absorbé par ses notes. La voiture filant sous une pluie fine. Les années ont passé. Sa légende a déraisonnablement grossi. Une petite coterie en a fait une sorte de saint. Le voici de retour en traducteur de Basho. Un Basho dont j'avais lu quelques bribes, mais jamais un texte complet. Le poète raconte son voyage à pied dans le Nord du Japon. Je le lis dans le métro. Je suis en train de suivre les péripéties de Basho à la recherche de la barrière de Shirakawa dans un métro en mouvement à Montréal. Tout bouge. Sauf le temps qui reste immobile. Trop absorbé par tous ces télescopages de temps et ces croisements d'espaces pour m'intéresser à mon entourage immédiat. Sauf cette fille en face de moi qui me regarde sans sourire. Longue et mince. Des yeux noirs – un trait de pinceau. Elle doit s'appeler Isa. Dès que quelqu'un traverse mon champ de vision, il devient un personnage de fiction. Aucune frontière entre la littérature et la vie. Je replonge dans le livre. Basho prépare son dernier voyage avec minutie. Il n'en peut plus de son quotidien étouffant. Le temps file aussi. « *Les jours et les mois s'égrènent passants fugaces* » murmure sans amertume le poète vagabond. Il lui faut de nouveau se mettre en route, retrouver les zigzags du hasard : « *Les dieux du voyage me faisaient signe et je ne tenais plus en place.* » Il se déleste de tout, et même du nécessaire. Pour ne garder qu'un solide manteau de papier pour « les nuits froides », une cape de paille pour la pluie et un yukata de coton. Et, comme il est écrivain, il glisse aussi dans sa sacoche : l'écritoire, l'encre et les pinceaux. Même cet indispensable pèse trop lourd. Il ne faut que soi, et nu si possible. C'est dans un journal qui servait à envelopper du riz que j'ai découvert la poésie de Basho. Et depuis, je cherche ses traces partout. Dès que j'entre dans une librairie, je vais voir s'il n'y a rien de Basho ou sur Basho. Cet homme possède une vraie science de l'émotion. Il est têtu. Rien ne le poussait à entreprendre à cet âge un tel voyage, mais personne ne pouvait l'arrêter dès qu'il avait pris la décision de partir. Sora l'accompagne pour le décharger des corvées domestiques. Ils se mettent en route, à l'aube. On le retrouve dans les marais de Nasu. La pluie les force à dormir dans une chaumière. Basho semble en pleine forme. Son élément c'est le mouvement. Il bouge en même temps que le paysage.

Je suis dans le métro de Montréal en train de suivre les traces d'un certain Matsuo Munefusa, dit Basho. Il est né en 1644, à Tsoge, un village proche d'Ueno. Il admirait le poète Tou Fou. Basho et Sora viennent d'arriver à la prestigieuse barrière de Shirakawa que tous les vieux poètes évoquent avec émotion. À peine franchie la rivière Abukuma, ils découvrent sur la gauche « le sommet du mont Bandaï qui domine de toute sa hauteur le pays d'Aïzu ». Ils s'arrêtèrent chez cet ermite qui vit sous un châtaignier. Basho composa un haïku sur le châtaignier qui lui paraissait plus émouvant que l'ermite. Il se rappelle sûrement de son bananier qui lui a donné son nom : Basho. La pluie dura tout le mois de juin.

Je lève la tête. Isa, toujours là. Rien n'a bougé, sauf le train. Je retourne donc à Basho. Matsushima ! Cela fait un moment que nos voyageurs en rêvent. Enfin, ils y sont. Ils se dirigent vers la plage d'Ojima. Matsushima laisse Basho sans voix. Des îles partout. Tout est gracieux, surtout les pins « d'un vert intense et sombre » dont il chante l'élégance. La mort le frôle près du fleuve Kitagami où se jette la rivière Koromo.

Le voyage se fait plus difficile. Des taillis de bambous, des torrents, des rocs, surtout « des sueurs glacées » tout au long de cette route escarpée qui mène au district de Mogami. Les deux poètes se reposent avant de reprendre la route. Ils comptent descendre la Mogami en barque. Le temps est si mauvais qu'ils doivent attendre des jours avant de se remettre en route. Des paysans reconnaissent Basho et lui demandent de leur donner des leçons d'écriture. Il est ému : « Qui aurait pensé qu'au cours de ce pèlerinage consacré à mes devanciers, j'aurais l'occa-

sion de faire connaître en un tel lieu mon propre style. »
Quelle délicatesse d'esprit ! Ah voilà la Mogami qui
prend sa source dans les hautes terres du nord.

Et Basho toujours soucieux de bien situer le lieu où
il se trouve afin que d'autres poètes puissent refaire
le même chemin. C'est cela le grand jeu auquel on
joue depuis des siècles. Basho tente de nous faire
comprendre que les poètes ne font qu'un et qu'un seul
souffle les anime. Et ce chemin, qui est le même pour
tous, mais que chaque poète emprunte à sa manière.
Et en son temps. Le train s'est arrêté sans que je m'en
aperçoive. À peine le temps de voir Isa de dos dans la
foule pressée. Long cou fragile. Nuque triste (je pro-
jette ma tristesse sur sa nuque). Le train recommence
à bouger.

Le baiser du Café Sarajevo

Café Sarajevo, je ne connaissais pas. C'est pourtant bien situé, pas loin d'une station de métro. Je préfère le métro à l'autobus. Dans le métro, on ne voit que les visages. Et dans l'autobus, juste des paysages. Je sors du trou, tourne à gauche. J'entre au café. Atmosphère sympa. Un café comme ça : chaque petite ville en a au moins un. Tous ceux qui ont fréquenté la musique de Joan Baez se retrouvent là, un jour ou l'autre. Ces gens qui ont disparu de notre radar et dont on se demande où ils se terrent. Dans des cafés comme le Sarajevo. Je ne m'attends pas à trouver ici Joan Baez. Pas même Suzanne Vega. La roue a tourné. Je suis venu pour Midori, la nouvelle chanteuse japonaise qui passe de temps en temps sur Much Music. J'ignorais son nom. Depuis que le Coréen m'en a glissé un mot, j'entends parler d'elle partout. Vous ne connaissez pas Midori ? Des affiches d'elle dans les toilettes des bars. Difficile de savoir vraiment à quoi elle ressemble, car son visage sous l'eau devient légèrement déformé. Elle retient son souffle. Le photographe attendant la dernière seconde. Juste au moment où elle va exploser. Les yeux agrandis par un début de terreur. Les ailes roses du nez deviennent diaphanes. La gorge gonflée. Clic. Et le torse jaillit hors de l'eau. L'eau qui lui sort par la bouche, le nez, les yeux. On chuchote partout au centre-ville le même nom : Midori. Dans toutes les langues. La première star japonaise de Montréal. La fusée Midori se lance vers la planète Bjork. Bjork – un son étouffé. On dirait un bruit dans l'eau. Basho note :

« Paix du vieil étang.
Une grenouille y plonge.
Un ploc dans l'eau. »

Midori est un objet plat aux contours si aiguisés qu'elle peut trancher un cou sans que la tête tombe avant quelques secondes. Un collier de perles rouges. Midori fourbit ses armes au Sarajevo. Je m'assois dans le coin le plus sombre de la pièce. La serveuse arrive une bonne demi-heure plus tard. Thé vert. Le café est toujours vide. Soudain Joan Baez. On ne devrait pas écouter Joan Baez que dans un café comme le Sarajevo. Dans une ambiance pareille, je pourrais écouter Joan Baez jusqu'à la fin de mes jours. Leonard Cohen suit avec *Suzanne*, cette chanson qui définit Montréal dans les années 70, entre passion et nonchalance. Je connais déjà le goût de la serveuse – une petite brune avec un anneau au nez et des yeux vifs. Je retourne à Basho. J'aime bien l'idée du voyage, mais j'hésite à me mettre en route. Pour aller où ? Le voyageur revient un jour ou l'autre, sinon ce n'est pas un voyageur. On reste dans sa chambre, et on attend leur retour. Les clients commencent à arriver. Ils s'assoient le long des murs. Le centre reste vide. Ceux qui aiment occuper le centre vont arriver plus tard. Quand on ne vient pas trop tôt, on croit que la salle se remplit en une demi-heure. Pour un habitué des petits cafés, ce n'est pas aussi simple que ça en a l'air. Ça se compte un à un – les clients. La serveuse appelle le propriétaire pour savoir s'il faut faire venir une ou deux serveuses de plus. Et pourquoi ? Il y a déjà quinze clients dans la salle. Combien y en a-t-il d'habitude à cette heure ? Sept. Et comment vois-tu ça ? Il y a aussi un nouveau qui a pris du thé vert. Du thé vert, ça va être un client ? Sûr. Et tu conseilles quoi ? Deux serveuses de plus. Bon, tu es sur le terrain. Elle raccroche, se retourne vers moi et me fait un large sourire. Je n'ose pas prendre un autre thé de peur qu'on fasse venir une troisième serveuse.

Je cours aux toilettes. Tout est noir, même le carrelage. Un vrai boudoir. Les affiches disent beaucoup sur la clientèle d'un café. C'est leur goût qui est exposé là. Ici c'est un café de musiciens. Les affiches racontent tout. À côté d'une chorale de chansons du Moyen Âge, on trouve une adresse pour soigner son dos par l'acupuncture. Des cours de yoga. Un voyage organisé en Inde pour voir tel maître. Et puis différents posters de Midori. Midori est chez elle ici. Comme Air France à Charles-de-Gaulle, ou American Airlines à New York, ou Air Italia à Rome. Midori au Café Sarajevo. Un poster d'elle nue – flou. On ne la voit jamais nettement. Corps étroit, hanches droites, pas de seins. Son sexe est rasé de près. Gonflé. Je suis resté longtemps devant le sexe de Midori. Je retourne là-bas. Salle bondée. Ring de boxe. Des performances. Une fille maquillée en Nina Hagen se tortille en face d'une caméra. Un fouillis. Pas de frontières entre la salle et la scène. Tout frétille. Un type prend le micro et fait un discours sur le prix du pétrole sur le marché mondial. Un autre parle de la famine en Afrique. Retour aux années 70 avec ses élans spirituels. Un autre voudrait parler de la fabuleuse course de Formule 1 de cet après-midi. On le fait taire. Tout juste le temps de hurler qu'Ayrton Senna est le meilleur coureur de tous les temps. Une bonne partie de la salle crie le nom de Gilles Villeneuve, l'enfant du pays. Plus de scène, ni de salle. Une marée de bras levés qui réclament n'importe quoi. Le sosie de Nina Hagen exige un baiser de sa voisine qui, elle, ressemble à Suzanne Vega d'il y a vingt ans. L'univers des sosies. Vega était accompagnée. Le type semblait inquiet, puis ravi. Nina Hagen se penche et l'embrasse doucement sur l'œil gauche. La salle touchée mais insatisfaite. Puis sur l'œil droit – avec la même légèreté. On retient son souffle. Le fantasme des hommes hétérosexuels n'a pas bougé depuis le néolithique. Nina Hagen salue la foule et fait mine de se rasseoir. Les gens hurlent de protestation. Hagen se relève, mais prend tout son temps. Elle nous tient. Un baiser, ce n'est rien. Il n'a que l'importance qu'on lui accorde. Le sosie de Vega, elle-même, semble vouloir mettre fin à cette attente. Hagen n'est pas pressée. On sait qu'il y aura un baiser, mais on ignore ce que cela pourra déclencher. Le type à ma table se ronge les ongles. Hagen se penche et embrasse Vega au cou d'abord, puis sur les yeux. À chaque fois la foule demande encore plus. Hagen tient la tête de Vega tout en la regardant dans les yeux (on se demande ce que font les vraies Nina Hagen et Suzanne Vega à l'instant). Ce fut le plus long baiser du Sarajevo. Ce baiser qui continue jusqu'à ce que Vega se sente vraiment embrassée, qu'elle en ait pleinement conscience. Elle ouvre vivement les yeux quand la langue de Hagen touche sa langue. Le regard furieux et dominateur de Hagen. Celui implorant et soumis de Vega. La foule qui n'en demandait pas tant. Tout en embrassant Vega, Hagen n'a pas arrêté de regarder l'homme qui l'accompagnait. Celui-ci s'est levé pour sortir. La foule le suit des yeux. Hagen continuant d'embrasser Vega. Vega, seule à ignorer le départ de son copain. Hagen consent enfin à lâcher sa proie. Dégonflée. Maintenant endormie sur l'épaule de Hagen. Le silence de la foule. Et l'homme revient dans la salle. Vega se réveille avec un sourire coquin. Hagen salue la foule (le café est maintenant bondé). C'était Le Baiser, une production de Baiser Inc. Le trio quitte le café sous les applaudissements des clients et les flashs des photographes amateurs. Les trois serveuses courent dans tous les sens.

Le Japonais de la tour Eiffel

Je n'ai jamais eu d'appareil photo. C'est que je ne comprends pas tout à fait son usage. Si c'est pour faire des photos que je ne regarderai pas, alors on peut dire que c'est l'invention la plus bête qui soit. J'en ai déjà un qui fonctionne très bien. Cette boîte crânienne où j'ai classé cinquante ans d'images dont la plupart se répètent jusqu'à former le tissu de ma vie ordinaire. Cette vie quotidienne faite de minuscules explosions successives. Une vie électrique. On me fait comprendre que ces images n'appartiennent qu'à moi, et que les autres n'y ont pas accès. Pas forcément, je peux les décrire avec une précision telle qu'elles finissent par défiler devant leurs yeux. Mieux, je parviens à transformer ces images en sentiments. Je sais raconter un instant sans décrire les personnages présents, en évoquant simplement l'énergie qui donne vie au moment. Sur une photo, on voit rarement cette émotion qui constitue la trame de l'histoire qui se déroule devant nous. Sauf sur les photos d'anniversaire où l'on distingue les yeux éblouis de l'enfant derrière les bougies allumées. Bien sûr qu'il peut se dégager parfois un parfum de nostalgie d'une photo jaunie par le temps où presque tous ceux qui regardent l'objectif sont aujourd'hui morts. Je garde toutes ces photos dans ma tête où elles s'enracinent. Et où les images se piétinent, voulant passer toutes au premier plan. Quant au Japonais qui ne cesse de photographier le monde : le voit-il ? Il ne voit même pas les deux éléments qu'il tente de photographier : son compagnon de voyage et le monument que ce dernier cache presque. La tour Eiffel est là pour témoigner que cet homme est passé un jour à Paris. Mais en faisant le même sourire large et impersonnel devant tous les monuments de la Terre, celui-ci annule le caractère intime du moment. Le Japonais devient lors aussi intemporel que la tour Eiffel. On pourrait croire que c'est la tour Eiffel qui se fait photographier derrière un Japonais souriant.

Bjork poupée vaudou

Pendant que la foule suivait du regard le trio de
Baiser Inc. qui s'est déjà produit à Berlin, Paris, Milan,
Tokyo, Londres, New York. J'ai vu tout à l'heure leur
affiche dans les toilettes du Sarajevo. Faut ajouter
Rome, Amsterdam et Sydney. Toutes ces villes ont
déjà vu Le Baiser puisque Montréal était à la fin de la
liste. Le monde fourmille de systèmes marchands où
les choses et les gens s'achètent et se vendent. Avant
c'était la route de la soie, la route du sucre, la route
des épices. Aujourd'hui on trouve le circuit du ten-
nis professionnel, celui du golf, celui des environne-
mentalistes et des chefs d'État puissants. Des réseaux
complexes. Impossible de se perdre dans la nature –
la part nature devient de plus en plus congrue. Les
ouvriers ont leur ligne de métro. La ligne qui part
du quartier ouvrier jusqu'à l'usine ne change pas au
retour. Aller-retour pendant cinquante ans en regardant chaque jour le même paysage. Baiser Inc. suit de
près les défilés de mode, le chemin que prennent les
rock-stars qui veulent épouser les mannequins. Baiser Inc. ne se mêle pas au monde des stars du rock ni
de celui de Kate Moss, mais reste quand même dans
les parages afin d'attraper des miettes. Ce grand vent
de la mode et de la musique planétaire entraîne dans

son sillage doré toute une foule bariolée, vivante, cool, contestataire qui se tient prête au moindre signal de ses meneurs à passer du Café Sarajevo au Stade où se produit Bjork ce soir. Bjork aurait pu être au Café Sarajevo. Bjork au Sarajevo, quelle affiche ! Baiser Inc. faisant la première de Bjork. Pour cela, il faut un concours de circonstances. Bjork arrivant une journée en avance parce qu'elle aura insisté pour voir une grande expo sur le vaudou au musée des Beaux-Arts de Montréal. Les grands maîtres de la peinture haïtienne. Des peintres paysans salués par Malraux. Première sortie mondiale depuis l'exposition organisée dans les salons des Mellon, à Manhattan, dans les années 50. Bjork intriguée par le vaudou. Bjork, petite fille, à qui on avait donné en cadeau une poupée vaudou. Bjork s'identifiant à cette poupée, et se prenant pour une petite négresse obligée de cacher sa poupée parce qu'elle n'a pas droit au plaisir. Bjork parlant à la poupée, et la poupée répondant à Bjork. On n'a qu'à voir l'étrange rictus de Bjork pour savoir qu'on n'est pas en présence d'une petite Islandaise sage et pure, mais d'une poupée vaudou gorgée de sang. Cette poupée qui a pris la place de la petite Bjork. Bjork qui n'a jamais grandi depuis. C'est Bjork la poupée. Et Bjork qui veut absolument voir cette expo pour rencontrer les peintres du vaudou. Tous ces peintres découverts dans les années 40. Toujours vivants, comment cela se fait-il ? Regard aigu d'une poupée du fond des ténèbres. Bjork tombe, en feuilletant un magazine, sur la pub annonçant l'expo de Montréal. Était-elle à ce moment-là à Paris, à Londres, à New York, à Berlin (ne pas oublier Berlin), ou à Rome ? Dans une chambre d'hôtel. La chambre d'hôtel est un territoire

universel. Drap blanc. Chiffre magique. Bjork, incognito, prend toujours la chambre 17 partout dans le
monde. Elle appelle sa productrice pour lui demander
d'annuler un show, celui de Melbourne, afin d'être à
Montréal à temps pour voir l'expo. Celle-ci croit que
la solution est de prolonger l'exposition pour que
Bjork puisse la voir. La productrice appelle tout de
suite Montréal. Elle n'a qu'à dire Bjork, et on la met
en ligne avec le conservateur du musée des Beaux-Arts
qui se prélasse dans les Bermudes. Le conservateur est
« profondément touché ». Un appel de Bjork ou de sa
productrice, mais au nom de Bjork. C'est un groupie,
pas exactement lui, disons sa femme, pas exactement
sa femme, disons sa fille. Le conservateur bredouille
et s'embrouille. La productrice s'amuse à l'autre bout
du fil. On ne s'habitue jamais tout à fait à ça. Ce petit
bout de femme dont le nom peut rendre stupide un
penseur fécond de la modernité. Juste dire Bjork. Ce
son si laid – Bjork. Alors, vous repoussez la date pour
Bjork (ton autoritaire) ? Bien sûr, mais je ne peux pas
prendre seul une pareille décision. Pas en l'absence
du Conseil d'administration. Quoi ! Merde ! Ils sont
combien ? Sept. Et où sont-ils ? En vacances comme
moi. Où ? Je ne sais pas, madame. Bon, ça va. La productrice a appelé une boîte spécialisée dans ce genre
d'urgence. Cette agence, paraît-il, aurait pu retrouver facilement Ben Laden par téléphone et le mettre
en contact avec Bush. Le dernier exploit de l'agence
c'est d'avoir pu retracer à Tanger la fille d'un des pré-
sidents du Canadian Pacific, sans aucune autre information additionnelle que le simple fait qu'elle aimait
le soleil, le sable et la solitude. Elle n'avait pas son
portable sur elle, et aucun de ses amis ne savait où elle

se trouvait. L'agence a contacté, pour la retracer, un grand nombre de gens dont le Dalaï Lama et l'écrivain français Jean-Marie Gustave Le Clézio. Cette agence a retrouvé, en un temps record, tous les conseillers administrateurs du musée des Beaux-Arts (le fameux groupe des sept). Ils sont ravis, veulent tous rentrer pour rencontrer Bjork. La productrice appelle Bjork : « Tout va bien. Le musée garde l'expo ouverte pour toi. »

Peintres primitifs

Et les peintres vaudou ? De qui parles-tu, Bjork ?
Ceux qui accompagnent l'expo. On va voir les peintures, pas les peintres. Bien sûr, mais les gens ne
veulent pas seulement entendre ma musique, ils
exigent que je vienne moi-même la jouer devant eux.
On veut voir le cuisinier, c'est pour ça que ces émissions de cuisine à la télé pullulent autant. On veut voir
à la fois le couturier, la robe, et la fille qui porte la robe
à notre place. On veut tout voir. C'est d'ailleurs à ça
que sert ton boulot. Tu fais en sorte qu'on me voie.
Ne me dis pas que tu ignorais ça. Mais non, qu'est-ce
que tu crois : ce téléphone est une extension de mon
oreille. Bon, moi je veux voir les peintres vaudou. Je
veux les connaître un à un. Bon, si tu veux. Et si tu
crois que c'est un caprice, c'est que tu n'as rien à faire
près de moi. Un caprice ? Depuis que je travaille avec
toi, je ne fais plus aucune différence entre le réel et
le fantastique. Toi, tu vis dans ton univers de conte
de fées, Bjork, il est normal pour toi, il est solide, tu
peux marcher dessus, mais moi je dois le vendre à des
gens pour qui la réalité c'est de s'enfermer dans un
bureau pendant huit heures, de s'habiller en gris et de
croire qu'on peut tout acheter même l'imaginaire. Je
dois leur expliquer que ton monde est plus réel que

le leur, et c'est pourquoi ils doivent s'incliner devant toi, que tu es une princesse de glace. Je sais tout ça, alors trouve-moi les peintres. Ça ne devrait pas être facile parce que s'ils sont si importants que tu dis, ils doivent s'en foutre que tu sois princesse d'Islande ou clown au Cirque du Soleil. Je ne te parle pas d'eux, mais des administrateurs du musée. Dans ce cas, pas de problème. Ça devrait s'arranger, Bjork. On va leur demander de prolonger l'expo un jour ou deux. Plutôt deux jours, crache dans son portable la productrice des tournées internationales de Bjork. D'accord. Bjork vous aime déjà. L'autre rougit aux Bermudes. Et sa rougeur colore Paris, Berlin, Londres, Rome, Milan, Sydney – on ne sait jamais où se trouve Bjork. La petite fille qui jouait à la poupée avec une déesse du vaudou, la plus terrible, Erzulie Dantor, confond aujourd'hui la mappemonde avec sa garde-robe. Elle vit dans un univers parallèle où les jours portent des noms de villes. On ne dit plus mardi, on dit Berlin ; ni jeudi, on dit Milan. Rappel du conservateur. Désolé les peintres vaudou n'entendent pas retarder leur voyage pour Bjork. Oui, on leur a expliqué. Ils n'ont pas l'air de savoir de quoi il retourne. Bjork est ravie. Elle n'en attendait pas moins d'eux. On a annulé Melbourne. C'est pas la première fois d'ailleurs qu'on annule une ville à la dernière minute. Plus de Melbourne sur la carte de Bjork. On peut faire disparaître les jours comme les villes. Les peintres vaudou n'attendent pas Bjork. D'ailleurs la plupart sont morts. Ce sont des stars. Ils restent cloîtrés dans une minuscule chambre, mangent sans sel, ne veulent pas de lumière, et n'adressent la parole qu'aux membres du personnel. Le musée a pourtant mis sept chambres à leur disposition, mais ils refusent de se quitter. Petit groupe d'hommes en chapeau dans un coin de la chambre. La pénombre fait des silhouettes sur le mur. C'est Dewitt Peters, un Américain de Boston, professeur d'anglais au lycée Pétion de Port-au-Prince, qui les a dénichés dès son arrivée en Haïti en 1944. Il visitait le pays. Sur la route de Saint-Marc, il a vu une porte étrangement peinte : un serpent avec une tête d'homme. Damballah ! Il est entré dans le houmfort pour trouver les murs couverts de peintures, comme s'il franchissait une porte qui débouchait sur un autre monde. L'univers d'Hector Hyppolite, le grand maître de la peinture vaudou. Breton en est fou. Le monde des rêves au bout des doigts. Dewitt Peters annonce qu'il va ouvrir un centre d'art. Rigaud Benoît, un chauffeur de taxi de Port-au-Prince, franchit le premier l'enceinte du nouveau centre d'art, avec un autoportrait intitulé : *Chauffeur de taxi.* Un petit chapeau légèrement déposé sur sa tête. Il était suivi de Jasmin Joseph, celui qui ne peint que des lapins – cinquante ans à peindre des lapins. Jasmin Joseph et Rigaud Benoît, deux êtres totalement opposés (l'un, grand, maigre, nerveux ; l'autre, petit, gros et serein), ne se sont plus quittés, et sont entrés dans la gloire main dans la main. Un matin, un jeune garçon cherche du travail, le Centre a justement besoin d'un balayeur. Il aura à ouvrir le Centre, chaque matin, après l'avoir balayé. Il passe son temps à regarder les toiles. Il décide de changer son balai contre un pinceau. C'est Castera Bazile. Dewitt Peters doit aller voir un ami qui vit à la campagne. Il a l'idée de passer par Croix-des-Bouquets, une petite ville avec un marché toujours grouillant. Peters aime visiter les cimetières, pour lui, un musée à ciel ouvert. Il découvre les lourdes croix de Georges Lyautaud. Des tombes modestes. Et ces croix si puissantes. Le grand sculpteur n'habite pas loin, Peters va le voir, et finit par le convaincre qu'il est un artiste. Pas facile, car Léautaud n'est pas un plaisantin. Préfète Duffaut apporte, un matin, sa première « ville imaginaire ». Il raconte à Pierre Monosier, le jeune assistant de Peters, que c'est Erzulie (ou la Vierge, il ne sait plus) qui lui fait voir la ville du futur. Une ville d'abord inhabitée – ça lui a pris vingt ans pour qu'on y voie des gens. À Petit-Goâve qui se trouve sur la route qui mène aux Cayes, vers le Sud profond, vit un homme qui connaît le langage des coqs et ne peint que des scènes de la vie quotidienne. Des scènes volées au marché. Et aussi ce triptyque apocalyptique : L'enfer, le purgatoire et le paradis. Un homme avec un chapeau de paille, maigre, agile, grave : Salnave Philippe-Auguste est juge à Saint-Marc. Il ne peint que des jungles. C'est un émule du Douanier Rousseau. Les voilà aujourd'hui dans la chambre du Ritz Carlton. Ils gardent tous leur passeport dans la poche intérieure de leur veston – le billet de retour aussi. Ils ne mangent rien. Ils attendent qu'on vienne les chercher pour les emmener à l'aéroport. Le conservateur apparaît, accompagné d'une petite fille qu'il tient par la main. C'est Bjork, dit-il. Et Bjork va s'asseoir sur le lit. Le conservateur s'en va en refermant doucement la porte. Personne n'a bougé de sa position pendant au moins dix minutes. Puis Bjork descend du lit. Elle dit : « J'aimerais vous chanter quelque chose. » Silence. Et Bjork se met à chanter une ballade. Ensuite une chanson rock. Et une troisième, en créole cette fois, qu'elle chante sans accent. Elle salue. Une poupée vaudou.

Hector Hyppolite la soulève pour la glisser dans la poche intérieure de son veston. Petite poupée noire aux yeux légèrement bridés. Un couple est venu chercher le groupe. Faut partir tout de suite. Une camionnette blanche les attendait devant l'hôtel. Ils arrivent à l'aéroport, passent devant l'agent d'immigration pour déboucher dans la zone de sécurité. On fouille les valises. Rayons X. On finit par trouver, sur Hector Hyppolite, une Bjork en statuette taillée dans du bois d'ébène. Cette statuette trouvera sa place dans un houmfort de Croix-des-Bouquets. Midori pense, déjà, à devenir une poupée vaudou comme Bjork. La seule façon d'être une étoile sans mourir.

Des objets

De minuscules objets bien dessinés, faits pour l'œil et la paume, se multiplient sur la planète. Ils attirent la peau, provoquant cette caresse un peu répétitive, celle que l'on fait au chat. Le chat est un objet vivant. On connaît le goût de la main pour l'objet surtout noir et oblong. Comment toucher le cœur d'un objet ? Est-ce une question de volume ou de corps ? Il y a un plaisir extrême lié à ce confort. Chaque objet contient, en son centre, un minuscule objet de la même configuration. Un objet au cœur de l'objet. Son noyau sec. Désert. Un saut dans l'espace. Tropiques. Mon regard est plutôt conditionné par le fruit tropical. Rond, coloré, parfumé et consommable. Avec un noyau aussi. Ce fruit qui fera corps avec notre chair perd de son mystère. Alors que notre rapport avec l'objet ne peut aller au-delà de la surface. L'objet nous pénètre quand nous, nous ne parvenons pas à toucher son cœur. Il reste aussi impénétrable qu'un samouraï. Pourtant l'objet se multiplie jusqu'à nous donner l'illusion d'un rapport chaleureux. Il y en a tant qu'on ne fait plus attention à leur présence. Nous nous déshabillons, sans rougir, devant les objets. Nous mangeons devant eux. Nous nous engueulons en leur présence. Nous baisons sous leur nez. Nous ne cessons de fabriquer ces objets qui finissent par modeler, d'une certaine façon, notre vie. Les corps vivants passent, de plus en plus, par l'objet pour se toucher. La prédominance de l'objet dans notre vie sexuelle est indéniable – les salles d'urgence des hôpitaux en ont vu. Le Japon fabrique frénétiquement de beaux objets sans fonction. Dans quel but ? Veut-il qu'on en tombe amoureux ? Y a-t-il un projet derrière tout cela ? Les nouveaux objets qui s'apprêtent à déferler sur nous comptent-ils remplacer nos animaux domestiques ? Il faut penser à de nouvelles relations avec le monde minéral. L'animal et le végétal perdent du terrain sur le plan émotionnel. L'objet, lui, ne vieillit pas. J'ai toujours avec moi une caméra – le seul objet qui sait regarder.

La bande à Midori

Après le spectacle, j'ai suivi Midori et sa bande à un vernissage sur la rue Sherbrooke, en face du musée des Beaux-Arts. Juste des filles : Eiko, Fumi, Hideko, Noriko, Tomo, Haruki. Les filles de la cour de la princesse Midori. Et un photographe androgyne du nom de Takashi – si plat qu'on dirait un briquet entre les mains de Kate Moss. Midori a aperçu les grandes banderoles le long des colonnes du musée annonçant l'exposition des peintres primitifs.

— J'aimerais bien voir cette exposition.

— Tu n'as pas vu dans le journal ce qui est arrivé à Bjork, dit Hideko en se penchant si près de Midori qu'elle lui a effleuré l'oreille.

Tout le monde dans le groupe sait que Midori est sensible à l'oreille, le siège chez elle de toutes les sensations.

— Fais-moi jamais ça, tu entends.

Elle marche vers elle.

— Comprends-tu, Hideko ?

— Je ne l'ai pas fait exprès… Pourquoi en fais-tu un cas ?

— C'est vrai, Midori, dit Fumi.

Tout observateur pour le moins attentif comprendra assez rapidement que dans cette cour, il se passe

48

les mêmes intrigues que dans n'importe quelle autre cour. Midori est le Soleil autour duquel tournent sept planètes tour à tour gaies et tristes. Si gaies et si tristes à la fois que je me demande si j'arriverai à les distinguer. On ne voit pas les larmes qui coulent à l'intérieur, mais on entend les rires de manga. Je passe un bon moment à chercher chez chacune d'elles un signe particulier. Elles n'arrêtent pas de tourner, m'empêchant ainsi de les épingler. C'est d'abord un groupe. On ne peut vraiment étudier un membre que quand il se détache un peu. Je les filme dans ma tête. Caméra légère à l'épaule. Un petit film en noir et blanc. Distant, discret, je filme de mon coin. Sans montage. N'hésitant pas à suppléer par mon imagination aux conversations que je suis trop loin pour entendre, ou aux émotions cachées. On fait tous ça. Takashi part demain faire ce reportage sur Yoko Ono que Midori appelle « la vieille de la veille », mais on sait qu'il reviendra. On ne s'éloigne pas longtemps du groupe. Yoko Ono aime bien les jeunes garçons graciles, mais « la veuve Mao » comme l'appelle la fine Eiko n'a aucune chance face à Midori. Midori, « un talent frais », a déjà remarqué l'écrivain Ryu Murakami dans un long article paru dans le *New Yorker* à propos des possibles héritières de Yoko Ono. Sa voix rappelle les premiers graffiti de Basquiat dans le métro de New York – crue et sophistiquée à la fois. Dès demain commencera le duel entre Midori et Yoko Ono, vu par Takashi. Il va photographier Yoko Ono. Il compte recueillir beaucoup d'informations à propos de Yoko qu'il rapportera à Midori. La veuve sait qu'on l'épie. Toutes les jeunes Japonaises tentent de percer le mystère de Yoko Ono, avant de chercher à la détrôner.

Ono représente la déesse de la discorde. Celle qui survit à tout. Par elle, on comprend que la haine est un sentiment parfois plus durable que l'amour. Takashi va voir de près la méthode de la Japonaise qui a résisté à la haine des fans des Beatles. Elle a déclaré à Ryu Murakami, dans le fameux article du *New Yorker*, qu'elle se tient toujours « à mi-pente ». De ce fait, on reste protégé par le troupeau de talents moyens et bruyants. Midori se classe entre Bjork et Yoko Ono. Murakami conclut qu'il y a trois groupes d'artistes : un petit groupe avec un talent exceptionnel, un très large groupe avec ce qu'il faut de talent pour survivre et, beaucoup moins qu'on le croit, de gens vraiment médiocres. Le public qui ne s'intéresse qu'à ce qui est rare, préfère souvent un artiste médiocre avec un bon agent qu'un artiste moyen avec un aussi bon agent. Pour Ryu Murakami, notre époque aime tout ce qui est rare – même mauvais.

Un baiser empoisonné

Pour le moment, il se joue un petit drame dans le coin gauche, près de la fenêtre. Midori ignorait ce qui était arrivé à Bjork. Comme l'information est au cœur du pouvoir, elle fait semblant de savoir. Ne jamais abattre ses cartes avant l'heure. Ça prend un pèse-nerfs pour rester dans le cercle. Surtout savoir se taire. On ne s'approche pas facilement de Midori. J'observe autour d'elle une fine politique de l'espace. Les filles tournent à tour de rôle autour de la lampe Midori. Hideko a failli s'y brûler les ailes tout à l'heure. Elle s'était approchée trop près de Midori. Aucun organigramme. C'est à chacun de décider où se placer dans la hiérarchie, et les risques qu'il entend prendre pour garder cette place. Un seul regard étonné ou méprisant de Midori, et l'imprudente se retrouve hors du cercle. C'est le cas d'Haruki qui a passé la soirée à tenter de reprendre sa place. Tomo est sa dernière chance. Elles ont de longs conciliabules. Zoom : Tomo en parle à une Midori évasive. Tomo est son garde du corps. Elle dort au pied de son lit. Tomo s'entraîne l'après-midi comme lutteuse au YMCA de l'avenue du Parc. Gros plan du visage de Takashi. Il me raconte tous les détails de la vie du groupe. Takashi adore se maquiller, ce qui lui permet d'aller partout. Il fréquente les deux mondes. En fait, il n'y a qu'un seul monde puisque les hommes parlent des femmes et les femmes parlent des femmes. Takashi photographie depuis trois ans la vie dans les toilettes des filles. Maquillage, papotage, larmes. Des visages nus. Tomo vit pour Midori qui ne la regarde presque jamais. On ne regarde pas celui qui vous regarde. Tomo en souffre, mais se tait. Elle va jusqu'à défendre Midori contre elle-même. Midori est une perfectionniste qui sombre parfois dans la dépression. Les autres filles savent qu'elles ne doivent rien dire de Midori en présence de Tomo. Takashi m'indique une fille qui s'allume une cigarette. Fumi est la plus brillante, elle parle huit langues couramment et a fait un doctorat sur Sagan. Elle a lu tout Sagan et connaît chaque détail de sa vie en bolide. Tu verras, me dit Takashi, que Midori ne l'affronte jamais en public. C'est elle qui crée ses spectacles. Son esprit est vif, mais elle peut être très méchante aussi. Noriko pourrait t'en parler mieux. C'est qui Noriko ? Celle qui est assise par terre, contre le mur. Écoute, tu ne pourras pas les reconnaître en une seule rencontre. Ça m'a pris une bonne semaine. Elles ne se ressemblent pas tant que ça ? Oui, mais c'est une meute : on croit les distinguer quand brusquement elles se fondent en une personne. Elles ont leurs règles en même temps. Noriko est assez intéressante, enfin tu verras. En me conseillant de parler à Noriko, Takashi me donne une idée. Tracer un portrait de Midori simplement en parlant aux filles. Jamais à elle. Midori est un trou noir qui aspire tout autour d'elle. Chaque électron est libre tant qu'il reste dans le champ magnétique. Noriko est le souffre-douleur de Fumi. Tomo, l'ange gardien de Midori. Hideko a touché l'oreille de Midori, cet instrument fragile et parfait (j'ai eu cette scène en gros plan). Et Takashi fait clic, clic, clic. Ça n'arrête pas. Il fait corps avec son appareil. Midori pense monter un spectacle autour du photographe qu'on ne voit jamais. Pour Midori, le photographe est le vrai témoin de notre époque. Takashi est attiré par la nuque. Pendant un temps, il ne photographiait que des nuques. Noriko me parle de Takashi, alors que c'est Takashi qui m'avait envoyé vers elle. Elle me glisse dans l'oreille que Takashi est nocif : un petit dieu farceur et noir de rancœur. Quoi ? Ses yeux apeurés. Elle m'entraîne près de la fenêtre pour me confier en baissant tellement la voix que je n'arrive pas à entendre. Quoi ?, je fais avec douceur. Midori est amoureuse d'Eiko. Personne ne le sait, même pas Eiko. Noriko rit sans bruit. Elle me prend la main qu'elle garde un long moment. Je sens mes os fondre. Mon corps sans structure allait glisser par terre comme une robe. Je retire ma main, et file aux toilettes. Pas déjà dans les filets d'une de ces buveuses de sang. Noriko me suit des yeux. Je sens son regard intense sur ma nuque. En suivant spontanément Takashi, j'entre chez les filles. J'aperçois, dans le miroir, Midori en train d'embrasser Hideko. Takashi tourne autour d'elles. Des flashs. Midori me sourit dans le miroir. Hideko ne m'a pas remarqué. Midori passe Hideko, encore dans les vapes, à Takashi. Takashi trop maigre pour soutenir Hideko. Il essaie toutes les positions possibles pour la garder debout. On dirait une scène de *On achève bien les chevaux.* Je la prends des mains de Takashi pour la déposer doucement sur un coussin, à côté de Fumi. Je m'assois sans éteindre la caméra. Fumi me raconte que Midori ne mange qu'un certain type de poisson dont la chair contient du poison. Juste assez pour paralyser légèrement les lèvres et la langue. Midori se garde un peu de poison dans la bouche pour ensuite embrasser une fille. Elles esquivent les lèvres de Midori. Il n'y a que Hideko qui soit assez sotte pour tomber dans le panneau. Un long baiser d'hétaïre. Et maintenant Hideko toute langoureuse sur le coussin. Le regard perdu. Un léger sourire. L'effet du poison ne dure que quelques minutes. Midori vient lui caresser les cheveux.

Le long dos d'Eiko

Je retourne tout de suite dans les toilettes où je trouve Midori conversant avec Takashi. Les yeux trop vifs de Takashi (il vient de se shooter à l'héroïne).

— J'aimerais te dire quelque chose à propos de Bjork...

— Tu n'as rien bu ?

— Non, pourquoi ?

— Tu es sûr parce que les filles aiment faire des blagues.

— Quel genre de blagues, Midori ?

— Si tu ne sais pas de quoi je parle, c'est que tu ne les intéresses pas.

— Ah oui...

Midori regarde par-dessus mon épaule. Je me retourne pour voir Eiko en train de se maquiller devant le miroir. Le long dos d'Eiko fait penser à un frais motif de bambou. Toute l'énergie de Midori se trouve aspirée par la nuque d'Eiko. Midori tente vainement de résister. J'ai surpris, dans le miroir, l'œil de Noriko qui observe Midori en train de l'observer. On pouvait tout lire sur le visage de Midori submergée par la dernière vague d'émotion. Midori, pourtant passée maître dans l'art de débusquer les secrets des autres, se retrouve démasquée. Visage nu. Notre marquise de Merteuil prise à son propre jeu. Dans son armoire, chaque tiroir est réservé à une fille qu'elle a séduite. Elle y cache les sous-vêtements, les lettres, de petits poignards rouges (elle en a une collection), du parfum bon marché (pour être sûre que personne d'autre n'en porte) et un carnet noir où tout est noté depuis le premier regard jusqu'au baiser d'adieu. Car Midori quitte toujours la première. Takashi s'est infiltré, un soir, dans la chambre de Midori, et a passé la nuit à lire les lettres enflammées des filles qui n'arrêtent pas d'annoncer leur suicide. On voit dans les lettres qu'elles partagent toutes les mêmes préoccupations morbides. Les jeunes filles aiment bien jouer avec l'idée de la mort. Pour Takashi, les voilà gorgées de larmes inutiles, car le suicide est une affaire d'homme. Et la mort, une jeune vierge qui ne se donne qu'au plus brave des samouraïs. L'identité japonaise s'est construite sur ce romantisme bidon. Midori s'est retrouvée face à Eiko. L'éclat est si fort que Midori doit fermer les yeux. Elle se tient droite et raide. Je retiens mon souffle. Eiko, étonnée, la regarde s'avancer vers elle.

Je livre Midori à Eiko pour piéger Fumi. Fumi dont le cœur est si noir d'amertume, de passion, de révolte, et qui ne pense qu'à stopper le règne de Midori. Fumi secrètement amoureuse aussi de Noriko. Hideko a découvert son secret en tenant un petit carnet où elle a consigné toutes les vacheries de Fumi durant un an. Noriko a été l'objet d'une bonne quantité. Hideko a noté d'abord dans quelles circonstances chaque pique a été lancée. Elle a noté aussi les positions des personnages au moment de l'action. L'atmosphère qui régnait avant qu'elle ne se tourne vers Noriko pour lui planter une banderille dans le dos. Et bien sûr qui a ri la première ? Tout ça noté, au jour le jour, durant une année. Hideko a passé les longues nuits d'hiver à tout consigner. Ce qui exige de bonnes notions de mathématique que possède Hideko qui fait une maîtrise à McGill. Un soir, Hideko a enfin trouvé l'équation qui lui permet de conclure hors de tout doute que Fumi est amoureuse de Noriko. Il y a une constante : Fumi lance contre Noriko ses flèches empoisonnées chaque fois que Midori s'intéresse à cette dernière, c'est-à-dire chaque fois qu'elle se tourne vers elle pour lui parler, la toucher, ou même lui faire un sourire. Fumi s'empresse alors de ridiculiser Noriko qui baisse la tête. Fumi sait que Midori méprise les perdantes. Fumi se place rapidement entre Midori et Noriko. Pendant un long moment Hideko a pensé que Fumi était amoureuse de Midori et qu'elle voulait simplement écarter une rivale. Hideko a eu l'idée de noter les mouvements qui ont suivi pour voir que Fumi s'arrange toujours pour que Haruki vienne se placer entre elle et Midori. Cela a pris un temps avant que Hideko comprenne que ce n'est pas Midori que Fumi voulait mais bien Noriko. En se donnant à Midori, Eiko a fait s'écrouler tout le jeu de cartes. Le centre s'est vidé pour ainsi dire de sa substance. Pourquoi Hideko agit-elle ainsi ? Qui veut-elle détruire à part Fumi ? Fin. Générique. Ce n'est pas recommandé de finir un film sur un point d'interrogation. Ce qui fait qu'on ne verra celui-ci qu'au musée des Beaux-Arts, un jour de pluie. Pour un producteur, il y a trop de personnages. Faudrait réduire à trois. Qui choisir ? Midori, Eiko, Noriko. Ou Midori, Fumi, Hideko. Ou bien Midori, Tomo, Haruki. Je sais que trois c'est un bon chiffre, mais je vois plutôt un groupe. Une grappe de filles – fantasme d'adolescent. Vous savez, dans un groupe, celles qui ne disent rien sont aussi importantes que celles qui sont en avant-plan. L'espace entre chaque fille, et le temps accordé à chacune d'elles, tout ça est bien pesé par le réalisateur. Haruki n'est pas moins importante à ses yeux que Midori. De toute façon si Midori est en avant-plan c'est parce qu'il y a un arrière-plan. Trop dense, vous dites ? C'est vrai que j'aurais pu singulariser chacune des filles par un détail particulier. Une couleur, un signe, je ne sais pas. Mais je filme comme je regarde un film, et je m'ennuie si on s'attarde trop à la description. Je préfère quand on fait vite, un peu brouillon, et qu'il me reste à la fin une saveur. Et m'étendre un peu sur certaines scènes plaisantes, ce qui pourrait oxygéner le petit film. Et comme toutes les Japonaises se ressemblent pour un Occidental, je me suis dit qu'on n'y verra que du feu. Ne pas trop se forcer.

La machine humaine

J'entre dans ce restaurant minable de la rue Saint-Laurent. Je m'assois au fond avec le livre de Basho que je n'ai pas arrêté de lire depuis. La serveuse arrive tout de suite. « Suzie » brodé en rouge sur son corsage. Regard vide. Grosse veine verte du cou qui part de l'oreille droite jusqu'aux omoplates. Elle a dû travailler un peu partout dans la zone. C'est la situation de beaucoup de femmes du coin. Ce sont, pour la plupart, des adolescentes qui ont quitté leur petite ville bornée en prenant l'autoroute qui passe de l'autre côté du pont. Elles se retrouvent chômeuses à Montréal, puis serveuses, de nouveau chômeuses, encore serveuses, et enfin prostituées. On ne va pas plus loin. Plus bas, oui. Toujours. Elles se démènent pour avoir au moins un enfant qu'elles envoient à leur mère à la campagne – le seul vrai cadeau qu'elles arrivent à leur faire. Et du fric aussi, mais ça c'est plutôt au début. La mère cache l'argent dans un coin de l'armoire sans y toucher. Il servira pour ses funérailles ou celles de sa fille. Sa fille à qui il ne restera à la fin que ce choix : s'ouvrir les veines ou prendre le dernier autobus pour Sept-Îles ou Rimouski. Une troisième possibilité consiste à essayer de nager dans ce lac aux requins. Je jette un bref coup d'œil sur Basho penché, lui aussi, sur un petit cerisier.

Basho examinant ce petit cerisier qui commence déjà à fleurir. On est toujours étonné de tomber sur la vie à certains endroits. Giflé par le vent glacial de l'hiver, il n'a pas oublié de fleurir au printemps. Quel courage ! Il semble là tout seul, ignoré de tous, sauf de Gyoson qui a écrit une strophe à la gloire des cerisiers solitaires.

Suzie dépose assez rudement la tasse de café sur la table.
— Je ne bois que du thé, madame.
Regard froid.
— Comment ça ?
— Comment comment ça ?
— On ne sert pas de thé ici.
Elle s'en va, et je reprends ma lecture. Je picore çà et là. J'ouvre le livre, je lis une strophe ou j'accompagne Basho un bref moment, puis je le referme doucement. Regard rêveur. Cette capacité qu'a Basho d'être immédiatement vivant, à chaque fois. Il n'y a que Whitman ici pour avoir une pareille énergie. Me voilà de nouveau en phase avec Basho. Au moment où je sens revenir mes douleurs de dos, je tombe sur ce passage où Basho se plaint du même mal. C'est souvent dans les douleurs qu'on se reconnaît dans l'autre.

Terrible journée ! Son mal de dos est revenu. Mais c'est la première fois qu'il s'en plaint. Juste après Sakata. La chaleur lourde, la pluie, l'humidité surtout. Mais comme il dit : « assez là-dessus ». Il continue malgré tout pour s'arrêter devant « le Chien fait demi-tour » si bien nommé. Vivement l'auberge et le sommeil. Mais impossible de fermer l'œil avec ces deux femmes qui bavardent dans la pièce voisine avec un vieillard. Enfin le sommeil, mais trop tard. Encore fatigué au matin.

Je commande un hamburger. C'est ce qu'il faut faire si l'on veut passer inaperçu en Amérique. Le service se fait, ici, sans anicroche. Grande salle vide, à part quelques clients gris, perdus dans le décor. Cela sent le tapis mouillé et la sueur froide. La serveuse, au bar, converse avec le jeune plongeur. Elle rit d'un rire étrange, mélange de nervosité et de méchanceté. Un homme, légèrement cassé à la taille, tente de leur parler depuis un moment. Ils font semblant de ne pas remarquer sa présence, sans prendre la peine de lui tourner le dos. Quelqu'un qui se tient en face de vous sans vous voir. Une sorte d'indifférence profonde. Comme si les gens n'étaient pas reliés entre eux. C'est la lourde réalité de fin d'après-midi. Tout va mal depuis que l'heure de la sieste a disparu de notre cadran solaire. La machine humaine n'est pas faite pour être debout et alerte pendant dix-huit heures consécutives. Un temps de repos est nécessaire. La société industrielle a éliminé la sieste tout en poussant la machine à fond de train. Pour tenir, on se dope. Toutes sortes de drogues. Suzie est au café et à la cigarette simultanément. C'est gratuit ici pour elle.

Basho envisage la marche comme une façon de se laver de toute la crasse de cette réalité. Le haïku n'est qu'un petit savon bon marché. J'étais encore avec Basho quand elle s'est assise en face de moi.

— Qu'est-ce que tu fais là ?

— Rien.

— Comment rien ?

— Je termine mes frites.

— Tu lis quoi ?

— Basho.

Regard suspicieux.

— C'est qui lui ?

— Un poète japonais.

— Tu te moques de moi ?

— Non.

— T'es japonais ?

— Non.

— Tu n'es pas de la police par hasard ?

— Même pas.

— On a eu trois descentes de police ici cette semaine. C'est plus que dans toute l'histoire du Dog Café. On est dans la Zone Rouge depuis 54... Tu comprends ?

On se regarde un long moment.

— Pourquoi je serais de la police ?

— Les gens viennent ici pour manger... En dix ans, je n'ai jamais vu quelqu'un avec un livre ici, et toi tu lis un livre en japonais.

— C'est une traduction.

Le jeune plongeur l'appelle – Suzie ! Elle lui fait signe qu'elle arrive.

— Tu peux finir tes frites, mais après tu pars.

— Je ne savais pas que c'était un club privé.

— J'accepte qui je veux... Tu perturbes la clientèle... Rejean est parti... Les gens que tu vois là viennent ici depuis au moins vingt ans. C'est leur dernière station avant la rue. Je dois les protéger... T'as compris là ?

Elle retourne à la caisse où un vieil homme est en train de compter sa monnaie depuis un quart d'heure. Elle ramasse vivement les pièces pour les jeter n'importe comment dans le tiroir-caisse. Celui qui ne compte pas aura toujours une longueur d'avance sur celui qui compte.

Pendant que j'étais en train de discuter avec Suzie, la salle s'est remplie d'ombres menaçantes. Des hommes silencieux, sans odeur, ni couleur. Ils mangent en me jetant, de temps en temps, un coup d'œil ni curieux, ni méfiant. Comment qualifier ce type de regard ? J'ai l'impression d'être regardé par quelqu'un qui a déjà vu le film et ne l'a pas aimé. Il paraît que c'est notre odeur qui les suffoque, celle de l'ambition, car ils sont complètement dépouillés d'ambition. Alors qu'on se fait encore des projets. Et nos projets sont un mélange de fric, de volonté et d'idées reçues. Ils sentent quoi, eux ? Ils n'ont plus d'odeur. Ils sont à la fin du voyage.

Basho arrive avec Tosaï à Tsuruga. Un ciel d'un bleu net et dur. Mais l'aubergiste leur dit que le temps peut changer d'un moment à d'autre. Difficile à croire que ce beau ciel puisse se remplir, d'une minute à l'autre, de nuages noirs et menaçants. Et c'est ce qui s'est passé. L'aubergiste avait raison – il connaît son pays. Et Basho n'aura pas vu la pleine lune sur la baie de Tsuruga. Le but secret de son voyage.

Au moment de franchir la porte, je me retournai pour capter le franc sourire de Suzie avec les fausses dents éclatantes. C'est alors que j'ai compris qu'elle ne me voulait pas ici. Pas déjà.

La défaite du Nègre

Ce sera le plus difficile à décoder. Il faudrait d'abord s'entendre sur la signification du mot sourire. J'ai mille questions à ce propos. Que veut-il dire pour l'un ou pour l'autre? Est-ce une grimace du visage ou son esprit? Quelle importance lui accorde-t-on quand on est chez soi ou ailleurs? Peut-on sourire seul dans sa chambre? Si cela m'est arrivé, je ne l'ai pas su. Combien peut-on en faire dans une journée? J'ai l'impression de glisser doucement dans un univers où je dois utiliser un langage dont je n'ai aucune idée de la grammaire. Que vaut un sourire? Je n'en sais rien. Quelle est sa fonction? Sourit-on pour cacher ou montrer quelque chose? Je me demande si le vrai sourire ne se fait pas plutôt sans qu'on le sache. Comment fait-on un sourire mondain? Peut-on l'exercer devant son miroir? Chacune des filles de la bande à Midori semble avoir un sourire particulier. Quelle différence entre celui d'Eiko et celui de Fumi? Midori ne sourit que très rarement. En tout cas, je sens que c'est parfois une arme. L'Anglais a déjà tenté de conquérir le monde avec son flegme et son parapluie. Le Japonais, son large sourire et un appareil photo. Le Louvre fait recette avec le sourire de Mona Lisa. Personne ne rit en Occident. Le sourire c'est le pouvoir. Le rire souligne la défaite du Nègre. Je passe des journées entières à apprendre le sourire japonais. Un sourire détaché du visage.

Un dimanche en province

Mon corps au fond de la baignoire. Mon esprit au plafond. De temps en temps, ils se rejoignent. Et je remonte à la surface, au bord de la noyade. Un spasme de vie. Je respire fortement. Me frotte vigoureusement les cuisses, les bras, le visage, réveillant les cellules fripées. Je ne suis plus dans le monde de l'eau, mais dans celui de l'air. Courbé, les mains cachant le visage, je cherche à retrouver mon esprit avant de rejoindre Basho sur la route. J'écris le mot « route » et je pense tout de suite à Kerouac – un automatisme. Basho l'avait fait des siècles avant lui, et à pied. Pour le moment, il chemine seul, sans son ami Sora.

Sora, rétabli, l'attendait à Osaki. On fête tant Basho à Osaki qu'il a l'impression d'assister à ses propres funérailles. Etsujin danse. De jeunes disciples en joie. Tout ce monde chez le samouraï Joko. Basho lui-même semble avoir repris une vigueur nouvelle. C'est toujours étrange de voir quelqu'un en si bonne santé quand on sait qu'il est mort depuis si longtemps – le triomphe de l'esprit.

Je regarde du coin de l'œil les progrès du rayon de soleil sur le plancher. Le téléphone, pas loin. J'aime lire dans le bain. D'où vient que je préfère lire à écrire.

Je me vois remonter la rue ensoleillée de mon enfance en tenant la main de ma grand-mère. Un dimanche en province. Un homme tranquillement assis sur sa galerie devant une large table couverte de livres, tous ouverts. Il était penché vers eux, comme devant un buffet riche et varié. Ce gourmand passait d'un livre à un autre avec la même excitation. Rien ne semblait exister autour de lui, à part ces mets appétissants. Il semblait si loin de nous, si hors de notre portée – nous pouvions le voir mais il était visiblement ailleurs. Ma grand-mère m'a alors glissé à l'oreille : « C'est un lecteur ! » Et j'ai tout de suite pensé : c'est ce que je ferai plus tard. Je serai un lecteur. Sur mes rares photos d'adolescence, j'ai toujours un livre en main. Même celles où je suis en train de bavarder avec mes camarades de classe. Ceux que je croise sur mon chemin aujourd'hui me le rappellent. Il n'y avait, semble-t-il, pas moyen de communiquer avec moi. J'étais toujours plongé dans un livre. J'ai une photo où je suis en train de lire couché sur le plancher avec ma mère, à l'arrière, repassant mon uniforme d'école. Ça devait être un dimanche après-midi. Ma mère me poussait sûrement à sortir, à aller sur la place ou au cinéma avec les copains, mais je ne voulais que lire. Ni le soleil, ni la lune, ni les filles, ne m'intéressaient alors. Seul le voyage que permet la lecture. Je n'étais jamais rassasié. Je rêvais qu'un jour, j'entrerais dans un livre pour ne plus jamais revenir. C'est ce qui m'est enfin arrivé avec Basho.

Dans la baignoire

Le téléphone sonne.
— Allô… Allô… !
Pas de réponse. Je dépose le combiné près de la serviette tout en gardant le livre dans ma main gauche. J'exécute cette opération avec grande minutie car j'ai peur de mouiller le livre. Sans bouger de ma ville, sans même bouger dans ma ville, sauf pour aller casser la croûte au resto ou passer la soirée avec une bande de Japonaises délurées, je reste collé aux semelles d'un moine-poète durant son dernier voyage. Un jeune homme qui se met en route, c'est facile. Un homme à la fin de sa vie, capable de mesurer les risques, c'est autre chose.
Le téléphone, de nouveau. J'ai beau dire « Allô », aucune réponse. J'entends pourtant le souffle de la personne au bout du fil. Finalement une petite voix murmure :
— J'étais assise pas loin de vous dans le métro il y a trois jours.
— Vous dites ?
— J'étais sur la même rangée que vous, et vous lisiez Basho.
Je n'arrivais pas à faire un lien entre la voix et le visage. Je m'attendais à un accent asiatique.

— Ah oui, je me souviens…

— Là, vous me confondez avec la Chinoise en face de vous que vous n'arrêtiez pas de regarder.

— Cela arrive souvent, fais-je, on regarde quelqu'un alors qu'on est regardé sans le savoir par quelqu'un d'autre.

— Elle, elle est chinoise, mais, moi, je suis japonaise. C'est normal, vous étiez dans le quartier asiatique.

— Et comment faites-vous pour savoir qu'elle est chinoise ?

— Ma mère est coréenne et mon père japonais, je sais ce que c'est… Si elle n'est ni coréenne, ni japonaise, c'est qu'elle est chinoise.

Elle rit toujours.

— Et pour les rires… Y a-t-il une différence ?

— Pas tellement. Par contre, le vagin japonais est placé en diagonale, et celui de la Coréenne est à l'horizontale. Je ne sais pas pour la Chinoise, si ça se trouve elle est verticale. Nous sommes des filles géométriques.

Je ris.

— C'est bizarre, vous n'avez aucun accent… Vous parlez comme vous et moi.

Là, elle a vraiment ri. Un rire du fond du ventre. C'est tout de même étonnant que malgré tous ces déplacements sur la planète – personne ne veut ou ne peut rester chez lui – ce soit l'accent qui détermine le plus la place des gens dans la société mondaine. Plus que la race ou la classe. L'accent dit la race et la classe. Une Asiatique parlant français avec un accent anglais, c'est presque du bouturage.

— Vous connaissez Basho ?

— Un peu…

— Vous aimez ?

— Non.

Je n'avais plus rien d'autre à lui demander.

— Pourquoi vous m'appelez alors ?

— Ça ne se dit pas au téléphone…

— Où êtes-vous ?

— Je suis sur le trottoir près de chez vous, de l'autre côté de la rue.

— Comment avez-vous fait pour avoir mon numéro de téléphone ?

— J'ai vu votre nom à l'entrée de l'immeuble, et j'ai appelé la téléphoniste. On m'a donné votre numéro. C'est tout.

— Et que voulez-vous ?

— Rien… Surtout rien.

— Montez alors, on verra… La porte est ouverte…

— Je viens.

Quelle détermination ! Il y a quelque chose qui cloche dans cette histoire. Depuis quand une jeune femme doit faire ainsi les premiers pas ? Pourtant je ne rêve pas. Les choses ont-elles changé à mon insu ?

Basho s'est reposé à peine de cet interminable voyage, près de 2340 kilomètres en cinq mois. Sora l'accompagne à Isé où ce dernier a de la famille – nous sommes au sixième jour de la nouvelle lune. Basho voudrait assister à une cérémonie, celle de la Translation des reliques à un nouveau sanctuaire. Il prend pour la dernière fois son bâton de voyage avec la ferme intention de manger des palourdes de Futami-ga-Ura. Il doit quitter définitivement Sora, et l'idée l'attriste. Basho compose alors un poème pour marquer le moment. Sora part pour ne pas pleurer.

Devrais-je choisir entre Basho et cette femme qui arrive à l'instant ? Entre ce passé qui me fascine tant et ce présent si chaud, si vrai, si vivant ? L'un et l'autre m'attirent. Peut-on garder les deux ? C'est mon drame personnel. Je glisse sous l'eau. Le présent est déjà dans l'escalier.

La petite mort

Je reste concentré sur ce que je fais sans prêter attention à rien d'autre. De temps en temps, l'autre décide de se manifester. Et le voilà compact devant vous, exigeant votre présence dans cet espace et ce temps que nous partageons. Me voilà pris avec le fil du téléphone autour de mon bras. J'ai cette manie, tout en conversant, de jouer avec le fil du téléphone. Je ne sais pas comment je me suis arrangé pour faire autant de nœuds. Je devais être bien nerveux. Mon seul objectif, en ce moment, c'est d'éviter de mouiller mon précieux livre. J'avais sorti ma main gauche de l'eau pour prendre le téléphone, tout en tenant le livre loin des gouttelettes avec la main droite. Deux serviettes m'assistent dans cette délicate opération. L'une, sur le plancher ; l'autre, sur le lavabo. Il m'arrive de parler à quelqu'un au téléphone tout en continuant ma lecture – pas toujours. Ce qui donne, j'ai l'impression, une sorte de profondeur de champ à ma conversation. Ce n'est pas que je cautionne l'idée de faire deux choses à la fois pour tenter d'aller plus vite dans cette époque assez démente – mon principe serait de ralentir. Sauf que je l'ai fait une fois, par hasard, et j'ai trouvé que chacune des deux occupations nourrissait l'autre. Ma conversation avec mon contemporain à l'autre bout du fil renouvelle ma vision de cet auteur vivant dans un autre temps. Je préfère toujours un écrivain mort – il reste plus longtemps jeune. La mort rajeunit. Là c'était Basho (1644-1694) et Noriko dont je ne sais à peu près rien, ni la date de naissance, ni même celle de sa mort. Comme nous ignorons à peu près tout des gens que nous côtoyons, alors que nous savons beaucoup trop de choses de ceux qui sont morts. Pourquoi une jeune fille que je viens de rencontrer dans le métro, et avec qui je n'ai échangé qu'un seul regard, se démène pour trouver mon numéro de téléphone, le trouve et m'appelle ? Il y a des jours comme ça.

Basho voulait donner l'idée que la vie est un voyage sans fin. Son premier voyage, c'était pour se rendre sur la tombe de sa mère en compagnie de son ami Shiri. Plus tard, il entreprit un second voyage pour aller contempler la pleine lune au sanctuaire de Kashina. Et là, c'était son dernier voyage. Il voyagera après, mais jamais il n'entreprendra quelque chose de semblable. Un tel voyage se fait une fois dans une vie. On passe donc son temps à faire des adieux. Borges croit que si les hommes ont inventé « l'au-revoir » c'est qu'ils se savent « à la fois contingents et éphémères ». C'est le lot des voyageurs.

Je termine le voyage de Basho dans le Nord du Japon pour découvrir que ce moine rusé voyageait plutôt en moi. Mon paysage intérieur inventorié par un poète vagabond. Mes veines lui servent de sentiers qu'il emprunte seul (« *Chemin solitaire, nul pas que le mien dans la nuit d'automne* »). La jeune fille est arrivée. Je n'ai pas bougé de la baignoire. Elle s'est assise juste derrière ma tête comme une psychanalyste.

— Vous lisez tout le temps ?

— Oui.

— Même quand il y a une femme dans la pièce.

— Parfois… Si je me sens à l'aise, alors je lis.

— Et là, vous vous sentez à l'aise ?

— Oui.

— Pourquoi ?

— Je vous sens familière.

— Sans même me voir… Non, non, ne vous retournez pas. Vous me verrez après.

— Après quoi ?

— Fermez les yeux.

Je ferme les yeux. J'entends un froissement de tissu. Elle se déshabille. Je me revois dans le métro. La Chinoise en face de moi. Et Basho dans ma tête. D'autres gens autour de nous – comme des ombres. Je l'entends entrer dans l'eau.

— Vous n'ouvrirez les yeux que quand je vous le dirai…

— C'est un jeu ?

— Non. Je ne joue jamais.

Elle me caresse sans douceur. Presque avec colère.

— C'est la première fois que je caresse un homme.

— On sait apprécier la douceur aussi.

Elle rit, mais d'un rire gêné.

— Excusez-moi… Je croyais que votre univers n'était que violence…

— Nous sommes dans les grandes généralisations : vous faites l'amour avec un homme pour la première fois ; et moi avec une Asiatique pour la première fois.

— Taisez-vous maintenant.

Et elle m'a fait l'amour. J'étais là par hasard. Un corps disponible et sensible. Dans l'eau.

— Puis-je ouvrir les yeux maintenant ?

— Pas encore... Laisse-moi m'habiller...

Elle sort de la baignoire, s'habille lentement – un strip-tease à l'envers. Mon oreille perçoit tout. Le voyeur doit garder les yeux fermés. Je ne m'attendais pas à moins d'une Japonaise. J'ouvre les yeux. C'est Noriko.

— Noriko !

— Je vous suis depuis trois jours... Je suis exténuée.

— Mais pourquoi ?

Elle s'assoit lourdement.

— C'est que je suis affreusement jalouse... Midori ne parle que de vous depuis votre départ. Que lui avez-vous fait ? Elle a complètement changé. Elle parle maintenant de partir.

— Peut-être qu'elle voudrait se recentrer un peu.

— Non... Vous êtes un diable. Vous lui avez sûrement fait quelque chose... Elle est cassée. Si elle ne se retrouve pas tout de suite, elle partira.

— Un petit voyage ne fait jamais de mal.

— Imbécile ! Ce qu'elle appelle un voyage c'est... Elle est en danger en ce moment.

— Oh, excusez-moi... Et vous croyez qu'elle est amoureuse de moi ?

— Pas du tout. Vous l'avez réduite en poussière, et vous avez dispersé ses cendres un peu partout dans la ville. Je vous suis depuis trois jours. Vous circulez comme un démon. Aucune logique. Vous vous arrêtez à n'importe quel moment. Vous parlez aux gens sans raison. Vous tournez à gauche quand il fallait faire le contraire. Vous êtes le démon qui a terrassé Midori. J'appartenais à Midori. Elle possédait mon cœur, mon âme et mon esprit. Vous avez réduit tout ça en cendres. Sans elle, je suis perdue. Je vous hais… Ce qui est arrivé à Bjork n'arrivera pas à Midori.

Elle s'arrête, très essoufflée.

— Je suis épuisée maintenant.

Elle tombe de sa chaise sans bruit. Je sors de l'eau, la ramasse pour la déposer au lit. Elle ne pèse rien. Je la regarde un moment dormir les poings fermés, comme un enfant.

L'ultime saut

Au milieu de la nuit, un bruit sec me réveille. La fenêtre, ouverte. Bruit de vent. Je cours voir. Noriko, étalée sur le trottoir, baignant dans son sang. Elle a laissé, sur la table, une lettre adressée à sa mère dans une enveloppe timbrée – elle avait déjà pensé à son suicide en venant ici. Elle a légué ses boucles d'oreilles à Midori et griffonné rageusement ces simples mots : *A song for Midori*. Peut-être qu'elle avait cette lettre sur elle depuis quelque temps, cherchant une raison pour se suicider. Ou un endroit. On ne se connaît pas. On s'est croisés. Elle ne voulait pas mouiller les autres filles, ni donner mauvaise conscience à Midori. Elle ne voulait pas non plus le faire dans un endroit trop vague, ce qui couperait sa mort de tout lien avec le groupe. En se suicidant chez moi, elle envoie un message à ses copines. Pourquoi m'a-t-elle fait l'amour ? Sa dernière fois. Était-ce le véritable message qu'elle envoyait à Midori ? Faire l'amour avec un homme est tabou dans le milieu. Noriko a transgressé au dernier moment. Un dernier doute : a-t-elle vraiment transgressé ? Peut-être qu'elle s'imaginait faire l'amour avec Midori. Mais elle voyait bien que je n'étais pas Midori. Peut-être mais je ne savais pas que c'était Noriko. Regardons ça d'un autre point de vue. Noriko dans cette scène c'était moi. Et la Noriko sur moi n'était autre que Midori. C'est ainsi qu'elle se représentait la scène d'amour. Dans le bain, et Midori sur elle. Elle aura les yeux fermés, car elle aurait trop peur du regard de Midori. Cela l'aurait paralysée. Elle a enfin rencontré Midori. Juste avant l'ultime saut.

Deux policiers sont arrivés une heure plus tard. L'interrogatoire a débuté par une accusation directe. Je n'en menais pas large. Que faisaient un Nègre et une Asiatique dans une chambre crasseuse de ce quartier mal famé ? Je ne savais pas quoi répondre. On m'a tout de suite accusé d'être son mac. Puis on m'a longuement questionné à propos de la filière asiatique qui, semble-t-il, prend de plus en plus d'ampleur à Montréal. Ils ont fini par voir sur la table les boucles d'oreilles de Noriko à côté de la lettre adressée à sa mère. Les pièces ont été examinées avant d'être glissées dans un petit sac en plastique.

Un des deux policiers m'a dit en partant, comme à regret :

— C'est ce qui vous a sauvé, parce qu'on était sûrs que vous l'aviez jetée par la fenêtre.

Ils m'ont regardé droit dans les yeux, j'imagine pour m'intimider encore un peu. Le plus dur est passé. Si vite. Quelqu'un est mort pourtant. C'est un suicide. Elle doit avoir tout expliqué dans la lettre à sa mère qui est peut-être sa façon de me blanchir, sachant que je n'étais pour rien dans son drame. Quelle est cette histoire d'avoir toujours trois palettes différentes au moins dans son jeu ? Cette lettre n'est donc pas adressée à sa mère, mais à la police. Et d'une certaine manière, elle s'adresse à Midori.

— Qu'est-ce qui va arriver ?

— On vous appellera si on a besoin de vous.

Celle-là, je l'ai entendu continuellement durant toute ma carrière de travailleur saisonnier. Personne ne m'a jamais rappelé. Je tiens à être poli quand même.

— Je dois reconnaître que c'est la première fois qu'un policier me vouvoie.

— C'est le règlement, monsieur. On vouvoie le civil.

Ils sont partis, et je suis retourné au lit sans pouvoir chasser de ma tête le bruit sec qu'a fait Noriko en tombant sur le trottoir.

Le policier m'a finalement rappelé pour m'apprendre que Noriko venait de Vancouver – et qu'elle était recherchée. Elle s'était échappée d'un centre psychiatrique de Toronto. Ses parents sont des ouvriers japonais arrivés au Canada depuis trois ans seulement. Elle s'était inventé une sœur jumelle, totalement différente d'elle – Tsuki. Autant elle est douce, autant Tsuki est violente. Ce qui est sûr c'est que j'ai eu la douce. Mais qui a tué Noriko ? L'autre sœur, peut-être. Les deux étant amoureuses de Midori. Noriko a eu le temps de laisser un billet sur la table, demandant d'envoyer ses boucles d'oreilles à sa mère. Au bas de la page, elle a griffonné : *A song for Midori.*

French kiss

Je me suis demandé devant mon souvlaki, la seule trouvaille grecque depuis la démocratie (je dis ça pour énerver mon concierge), ce qui peut bien faire la modernité japonaise tellement à la mode depuis la mort de Mao. À part la capacité du Japon à changer tout ce qu'il touche en cliché. Ce cliché dont on sait si peu de chose, et dont on se demande parfois si ce n'est pas une variété contemporaine du mythe grec. Est-ce d'ailleurs les Grecs qui ont appelé leur cliché ancien un mythe grec ? Le french kiss existe partout sauf en France. Les Français s'embrassent-ils en faisant attention à ce que leurs langues ne se touchent ? En Amérique du Nord quand les langues se touchent c'est un french kiss – un baiser à la française. Moi qui croyais que c'était un acte spontané chez l'humain. Je me souviens de mon effroi devant un premier baiser. Et si l'autre me mangeait la langue ? C'est d'abord mon meilleur morceau de viande que je lui confie aveuglément. « Donne-moi ta langue » n'a pas la même signification au nord qu'au sud. Mon esprit erre par tous les chemins. Je ne vais pas commencer à lui mettre des barrières. Surtout que je réfléchis sur des miettes qui tombent de la table de Pascal. Le cliché se situe bien au-dessus de la morale. Il est là, rond, mystérieux, éternel. Il nous regarde en souriant. Aucune utilisation personnelle d'un cliché n'est possible, sauf le renvoyer à l'expéditeur. On sait bien que les Nègres sont paresseux. Voilà un cliché. Et quand un Blanc travaille trop, il dit qu'il travaille comme un Nègre. Un arrêt. Le cliché franchit le temps et l'espace à la vitesse de l'éclair. Son arrêt provoque toujours un silence. Je regarde par la fenêtre pour voir passer trois jeunes femmes pressées. L'une d'elles ressemble à Fumi. C'est Fumi. Je la reconnais à son sourire noir. Fumi m'avait dit qu'elle faisait un stage dans un restaurant pas loin d'ici. Elle se retourne au dernier moment. Non, c'est pas elle. Du trottoir, un touriste japonais en train de mitrailler notre cuisinier grec. Toujours la même question : que voit-il ? Pour le savoir, il faut devenir japonais.

Un match de ping-pong

Tiens, ça clignote. Deux messages du consulat du Japon. Déjà ! Ces Japonais sont bien vifs. J'appelle immédiatement. J'apprends alors qu'un certain monsieur Tanizaki voudrait me parler. On me fit comprendre que ce monsieur Tanizaki était parti déjeuner avec son supérieur monsieur Mishima (on ne blague pas avec la hiérarchie ici). En fait, je n'ai entendu qu'une machine qui m'a gentiment signalé que le personnel était absent durant l'heure du déjeuner, et qu'on ne reprendrait le service que vers deux heures de l'après-midi. Je dois donc rappeler plus tard, après le lunch. J'ai rappelé le consulat du Japon. On m'a demandé d'attendre un moment. Comme ça, j'ai pu entendre mon nom. C'était la première fois que je repérais mon nom dans une conversation en japonais – on dirait une salade à laquelle on a ajouté un ingrédient nouveau. Et brusquement, une voix un peu nasale s'adressa directement à moi.

— Vous êtes l'écrivain ?

— Parfois.

— Je suis monsieur Mishima, mais je ne suis pas l'écrivain, moi, vice-consul du Japon… J'aimerais vous rencontrer.

— À quel sujet ?

84

— Je ne peux pas en parler au téléphone.

— Mercredi prochain, au café Les Gâteries, vers midi… Cela vous va ?

— Bien sûr. Pourquoi précisément ce café ?

— Pourquoi pas ?

Un long silence.

— Donc au café Les Gâteries, mercredi midi… J'y serai.

Je ne sais pas pourquoi, j'ai l'impression que c'était important d'avoir insisté pour que ce soit ce café. J'ai ainsi fixé l'heure et le lieu du rendez-vous. Faut toujours prendre les choses en main. J'ai vu ça dans *Le Parrain*, le film de Coppola. Tu fixes le lieu, tu arrives bien avant, et tu planques le revolver dans les toilettes, derrière la chasse d'eau. Mais ce silence ? C'est vrai qu'il y a toujours du silence dans ce genre de conversation au téléphone. Ces brusques arrêts m'ont parfois déstabilisé. Toute absence de bruit n'est pas silence. C'est quoi le silence pour le Japonais ? Ce vide dans la conversation que nous ne faisons pas de la même manière dans toutes les cultures. Bien sûr que ce n'est pas un vide, mais une conversation souterraine (on parle dans sa tête pendant qu'on parle avec l'autre). On entend le silence quand les deux conversations s'arrêtent en même temps. C'est un match de ping-pong où il faut toujours attendre que l'autre nous renvoie la balle. Et s'il ne le fait pas à un rythme régulier, il y a ce bref espace où rien ne se dit. Il arrive que ce ne soit pas un fait du hasard. On trouve encore de nos jours des professionnels capables de jouer du silence en trois temps : le court, le long et le silence embarrassant. N'arrivant pas à analyser son silence, j'ai fait brusquement silence. Peut-être qu'il ne s'attendait pas à ce que je m'arrête si brutalement, en tout cas il est resté un moment figé (c'est quand le corps fait silence en même temps que l'esprit) avant de murmurer :

— J'y serai avec un assistant, M. Tanizaki... Cela vous dérange-t-il ?

Du silence, je fais un usage immodéré depuis un moment. C'est une arme qui peut nous exploser en plein visage.

— Pas du tout.

— Si cela ne vous convient pas d'une façon ou d'une autre, vous me le faites savoir, monsieur...

La politesse, j'avais oublié. Il y a toujours un thème caché derrière un autre. Derrière le silence se cache la politesse. Et derrière la politesse, souvent la cruauté.

— Non.

Un autre long silence (c'est son tour), alors qu'il ne lui restait qu'à remercier et raccrocher. Ne sait-il pas que c'est celui qui a appelé qui doit mettre fin à la conversation ? Ignore-t-il ce code ? C'est un diplomate, il doit le savoir. Je décidai de terminer la conversation.

— Je vous remercie pour cet appel... À bientôt.

Un temps mort, comme s'il était occupé à signer des documents.

— Oui, à bientôt.

J'ai entendu ce petit bruit sec qui peut faire croire que quelqu'un d'autre écoutait notre conversation. N'étant pas dans la même pièce que M. Mishima, il n'a pas pu exécuter une finale synchronisée. Un dixième de seconde trop tôt. C'était peut-être son assistant, M. Tanizaki.

Vous aimez le sushi ?

Si je change si souvent de tanière, c'est pour ne pas être identifié à un lieu précis. Je brouille les pistes. Cible mobile dans la ville scintillante. C'est vous dire combien je fus déçu quand M. Mishima m'a finalement donné rendez-vous dans un restaurant japonais, refusant mon petit café intimiste de la rue Saint-Denis où l'on peut voir sans être vu. Je n'ai pas fait tout ce déplacement identitaire pour me retrouver avec des Japonais dans un restaurant japonais. En tout cas, cela en dit beaucoup sur la capacité à imaginer le monde de personnes pourtant payées pour être plus curieuses que les autres. Pour elles, l'univers se réduit à leur espace mental et à leurs petites combines diplomatiques. Elles comptent mourir là où elles ont chié pour la première fois. Cela se sent que je suis de mauvaise foi ce matin. Dieu ! Tout un plat pour presque rien. Je chiale mais ce n'est pas fini. Moi qui voyais notre rencontre dans un resto autre que japonais. Chinois, par exemple. Un Japonais dans un restaurant chinois, c'est plus amusant. Dans un restaurant coréen, alors là c'est carrément subversif. Les bars à sushis pullulent tant ces jours-ci qu'on a l'impression qu'ils poussent durant la nuit. Comment reconnaître deux cadres japonais dans une pièce remplie de cadres japonais ?

Deux visages lunaires me sourient largement du fond de la salle. Même costume noir, même coupe de cheveux, même sourire. Qui est M. Mishima ? Où est M. Tanizaki ? J'ai tout de suite décidé de ne pas chercher à les distinguer.

Ils se lèvent en même temps.

— Je suis monsieur Mishima, vice-consul du Japon. Officiellement, je suis le conseiller culturel, mais je n'ai pas de territoire bien défini. Au consulat tout le monde met la main à la pâte. Je suis embarrassé de vous recevoir si modestement.

Pouffements.

— Et moi son assistant, monsieur Tanizaki.

— Asseyez-vous, me dit M. Mishima.

C'est peut-être M. Tanizaki qui l'a dit, mais je ne fais pas attention à leur identité. Je m'assois. De toute façon, je n'allais pas attendre leur autorisation. M. Tanizaki (ou M. Mishima) s'occupe de mon installation avec un soin si attentif qu'il semble complètement absorbé par le moindre détail qui pourrait gêner mon confort. On dirait un entomologiste en train de glisser un insecte noir dans une jolie boîte laquée. Visiblement, le noir est la couleur de la maison : tables, chaises, assiettes et nappes sont noires, tandis que les fourchettes et les couteaux sont rouges. M. Mishima a exigé brusquement une autre table. Comme toutes les tables étaient prises, il a voulu changer de place avec moi. J'ai dû lui jurer : tout va bien là où je suis. Il n'était pas encore satisfait. Il s'est tourné vers M. Tanizaki qui s'est tout de suite levé pour me céder sa place d'où il apercevait la rue. Ça va, ça va. Ce petit spectacle a duré jusqu'à ce que M. Mishima soit vraiment sûr qu'il était impossible de mieux faire pour me

mettre à l'aise. Je sais bien que c'est une façon cour-
toise et asiatique de me souhaiter la bienvenue, mais
ce n'est pas du tout mon genre. On s'attend peut-être
à ce que je fasse un effort de mon côté, je ne sais pas.
Non, c'est eux la culture millénaire et raffinée, moi je
suis la jeune et sauvage Amérique. Je rentre le ventre,
serre les genoux, courbe les épaules, pour pouvoir
jouir de l'espace restreint qui m'est alloué. Un bonheur compact. Un coup d'œil à la salle me fait remarquer que ce restaurant est adapté à une certaine taille,
comme si on voulait décourager d'autres formats plus
grands – comme les basketteurs noirs américains.

— Le restaurant vous plaît-il ? me demande M. Tanizaki.

— C'est bien, fais-je sur un ton neutre.

— Je suis heureux que cela vous plaise tant, me dit
en souriant M. Mishima. Les autres n'ont rien à voir
avec un vrai restaurant de Tokyo.

Voilà une autre chose que je déteste : l'authenticité.
Le vrai restaurant. Les vraies gens. Les vraies choses.
La vraie vie. Rien de plus faux. La vie est un concept
d'ailleurs.

— Vous aimez le sushi ?

— Non.

J'ai décidé de garder ma mauvaise humeur encore
un moment. Ils ont l'air perdus. C'est vrai que cela
peut causer un certain problème dans un resto japonais si on n'aime pas le sushi.

— C'est que je n'aime pas le poisson (ce qui est
faux).

— Ah bon, fait M. Mishima tout étonné que
quelqu'un puisse (ou ose) ne pas aimer le poisson,
mais il s'empresse de cacher sa déception.

— Je ne suis ni allergique au poisson ni végéta-
rien, c'est simplement que je ne souscris pas à l'idée
de manger du poisson. Pour moi, c'est une mauvaise
idée.

— Heureusement qu'il n'y a pas que le poisson
dans la cuisine japonaise, murmure M. Mishima.

— De toute façon, on se serait arrangés, ajoute
promptement M. Tanizaki.

Êtes-vous un écrivain ?

J'ai pris une soupe. De nouveau un long silence. Je n'ai pas les nerfs assez solides pour jouer à ce jeu. J'ai décidé d'aller droit au but, ce qui est, semble-t-il, contraire aux règles de la politesse japonaise.

— J'ignorais que le consulat japonais était au courant de ma pauvre existence, dis-je en imitant un peu leur ton obséquieux.

Un vrai rire cette fois, et je ne sais pas s'il est de M. Mishima ou de M. Tanizaki. L'un des deux est-il ventriloque ?

— C'est mon assistant qui a entendu parler de vous.

— Ah oui…

— Vous êtes écrivain ?

— Pas en ce moment.

Ils rient.

— Vous êtes en train d'écrire un livre ?

— Oui et non.

— Nous sommes très intéressés par votre livre.

— Et c'est pourquoi vous avez ouvert un dossier sur moi ?

Rires synchronisés.

— Non, on n'a pas de dossier sur vous, monsieur… Nous ne pouvons pas nous le permettre d'ailleurs. On se contente de lire les journaux. Nous n'avons que trois personnes dans le service. Tokyo ne s'intéresse qu'à l'économie – dix-sept personnes dans ce secteur. Vous voyez, on ne fait pas le poids.

Je savais que la littérature comptait pour du beurre dans le nouvel ordre mondial. Il n'y a que les dictateurs du Tiers-Monde qui prennent les écrivains au sérieux en les faisant régulièrement emprisonner, ou fusiller même. Le garçon arrive avec les plats. Comment faire maintenant pour me tirer de ce guêpier ? Quatre à cinq cadres japonais venant entretenir M. Mishima d'un sujet qui exige beaucoup de sourires et des rires en cascade. Je n'ai rien compris car ils s'exprimaient trois quarts en japonais et un quart en anglais – leur japonais avec un fort accent anglais et leur anglais avec un fort accent japonais. Ils ont fait semblant d'ignorer ma présence. Peut-être aussi qu'ils ne m'ont pas vu. Il y a des gens qui ne parlent qu'une langue, et d'autres qui ne repèrent sur leur radar qu'un type de personnes : celles de leur religion, de leur classe ou de leur race. On trouve ce comportement dans toutes les sociétés. Ils sont partis, chacun à leur tour, avec cette démarche aérienne et ce rire sec de comédie musicale.

— Et les poètes ?

Moment d'étonnement. Je prends toujours des nouvelles des poètes.

— Vous écrivez de la poésie ?

— Non.

— Vous aimez la poésie ?

— Pourquoi cette question ?

— On sait que vous vous intéressez à notre grand poète Basho.

— Comment l'avez-vous appris ?

— Vous le lisez partout…

— Mais vous me suivez !

— Ne vous énervez pas, monsieur.

— J'ai des choses à faire.

— Mon assistant, M. Tanizaki, est un éminent traducteur.

— Vous voulez traduire mon livre ?

— C'est ce qu'on voudrait, dit M. Tanizaki. En fait, je ne suis qu'un modeste enseignant.

— Il faudrait simplement contacter mon éditeur…

— On parle de votre dernier livre, bien sûr…

— Quel dernier livre ?

— Celui que vous êtes en train d'écrire sur le Japon.

— Je n'écris jamais sur autre chose que sur moi-même.

Échanges de regards entre M. Mishima et M. Tanizaki. Légère panique dans les yeux de M. Tanizaki. Maintenant, je les distingue nettement : celui qui a toujours peur c'est M. Tanizaki. La différence est dans la hiérarchie administrative.

— N'y a-t-il pas un rapport quelconque avec le Japon dans votre nouveau livre ? risque timidement M. Tanizaki.

— À part le titre, bien sûr, continue M. Mishima.

— C'est un Japon inventé qui ne regarde personne d'autre que moi.

Soupir de soulagement de M. Tanizaki.

— On voudrait faire quelque chose, dit M. Mishima d'un ton calme.

— Mais je n'ai même pas encore écrit le livre.

Ils s'animent soudain en perdant de plus en plus le contrôle de leur masque.

— On sait que vous ne l'avez pas encore transcrit sur papier, mais il est dans votre tête, dit M. Mishima avec un air entendu.

— Tokyo est, pour une fois, intéressé par un de nos projets, ajoute vivement M. Tanizaki. Si vous voulez visiter le Japon… D'ailleurs on a un bon guide pour la piste de Basho. On peut vous organiser un voyage en empruntant le chemin qu'a pris le poète il y a 250 ans à peine.

— Mais je ne veux pas visiter le Japon… Quelle idée !

— C'est pourtant la bonne saison, dit suavement M. Mishima.

— Vous êtes un véritable artiste, conclut M. Tanizaki, on le sait maintenant par vos réponses claires et franches… Et on ne voudrait pas trop vous déranger…

— Permettez-moi tout de même de vous dire que le consulat du Japon et son personnel restent à votre entière disposition pour quoi que ce soit qui pourrait contribuer à la réussite de votre projet littéraire, conclut M. Mishima, vice-consul du pays du Soleil Levant.

À peine s'il n'a pas dit de votre mission littéraire. Là, ça déborde. J'ai l'impression que si je leur laisse la moindre autorité sur mon travail, serait-ce sur une virgule, ils écriront le livre à ma place. Je sens derrière toute cette obséquiosité une volonté de fer. Pour une raison quelconque, ils voudraient contrôler ce livre.

— On sait que les artistes détestent que l'État se mêle de leur cuisine, ajoute vivement M. Tanizaki en me faisant un clin d'œil complice. Naturellement, vous avez toute liberté de dire ce que vous voulez du

Japon... Je vous lis en ce moment. Des bouquins que j'ai pris à la librairie tout de suite après avoir entendu votre déclaration.

— Quelle déclaration ?

— J'ai été tellement touché quand je vous ai entendu lancer dans ce complexe commercial nord-américain que vous êtes un écrivain japonais.

— Je ne suis pas un écrivain japonais... J'écris un livre dont le titre est « Je suis un écrivain japonais », ça ne fait pas de moi un écrivain japonais.

— Excusez-moi, je suis un peu perdu... M. Tanizaki qui est un spécialiste de la littérature doit sûrement comprendre ce que vous voulez dire...

— Absolument ! Et c'est là que c'est intéressant. Ça ouvre toutes les perspectives...

— Malheureusement, je dois vous quitter... J'ai un autre rendez-vous, dis-je en me levant.

Ils se lèvent si brusquement qu'ils ont failli renverser la table. Des excuses interminables. Je pars en laissant ma soupe inentamée. De la rue, je les regarde un moment. Ils se parlent avec une telle vivacité que j'ai l'impression qu'ils vont en venir aux mains.

Une mort manga

L'Empereur représente le temps immobile, ce fabuleux trésor du Japon qui donna le vertige à l'auteur du *Marin rejeté par la mer*. Mishima était si impressionné par l'Empereur, la personnification du Temps, qu'il lui offrit sa mort comme une fleur de rhétorique. Il s'est fait hara-kiri le 26 novembre 1970 en compagnie de son jeune amant. C'est peut-être plus doux de mourir en gardant la nuque de l'autre à portée de son regard, ou en se faisant achever par l'objet de son désir. Il voulait effacer le présent en installant le Japon dans un futur antérieur, ce temps qui n'existe que dans la grammaire. Les fascistes sont souvent obsédés par les règles qui leur permettent d'intervenir dans le déroulement du temps. Dans le réel, on ne peut acheter le passé qu'avec une seule monnaie : la mort. Sa mort. Quel drôle de zigoto tout de même, ce Mishima ! Intéressant, mais un peu cinglé sur les bords. Hara-kiri, ça fait manga. Il faudrait relire Mishima dans la perspective de la bande dessinée. Le monde entier a vu la scène à la télé. Mishima est immédiatement devenu une rock-star. Le premier écrivain dont la mort a été filmée de par sa volonté. Et il a pu ainsi voler la vedette à son vieux maître Kawabata. Kawabata a beau avoir eu le Nobel, c'est Mishima qui représente le Japon.

À surveiller tous ces intellectuels qui font des poids et haltères jusqu'à en avoir la migraine. Cette double puissance (un esprit raffiné dans un corps musclé) peut monter à la tête. Un intellectuel qui peut aussi te casser la gueule finit toujours, les manches retroussées et en sueur, en train de haranguer une foule. La foule de Mishima n'était pas au rendez-vous ce jour-là. Lui qui espérait voir sa mort exalter la jeunesse. Cette jeunesse debout entonnant le chant pur du peuple. La foule de Mishima était assise devant la télé. Une foule assise. Les « assis » qui avaient tant dégoûté Rimbaud. Mishima n'admettait pas les nouvelles valeurs du Japon depuis l'affaire d'Hiroshima, et il voulait redonner toute sa gloire à l'Empereur, le dernier gardien du Temps. Mais Mishima en tentant de légitimer ainsi l'Empereur devient, le temps de sa mort, l'Empire du Soleil Levant. Le berger qui compte ses moutons est aussi le gardien du sommeil. Mishima mort, le Japon dort.

Platon et le concierge

Je suis sorti par l'escalier de secours pour éviter le concierge à qui je dois deux semaines de loyer. Il est grec, d'où mes petites blagues sur les liens nécessaires (même un philosophe doit manger) entre Platon et le souvlaki. Il ne sait pas qui est Platon. C'est un homme de la mer, son intérêt aurait été pour Ulysse. Je m'en fous qu'il sache ou non qui est Platon. C'est pour équilibrer le pouvoir dans nos rapports. Il me tient par l'argent, je le tiens par l'esprit. Le fait de connaître Platon ne m'aide en rien dans cet affrontement hebdomadaire. Tout va si vite. Je dois payer le loyer chaque jeudi. Je le fais toujours dix minutes avant minuit. C'est encore jeudi à ce que je sache. Après je m'installe dans le bain avec un bouquin de Tolstoï. Il n'y a qu'un chômeur qui vient de payer son loyer qui peut lire *Guerre et paix* sans sauter les descriptions de paysages. J'ajoute aussi sur cette courte liste de lecteurs marathoniens les secrétaires de bureau qui naviguent dans les romans-fleuves de Stephen Spielberg, avec un châle sur les épaules, à cause du froid glacial qui règne dans les tours de verre du centre-ville. Les gens préfèrent le régime minceur. « Pas plus de deux cents pages sinon je n'ouvre même pas le bouquin », disait dernièrement un célèbre critique littéraire à la télé allemande. Je fais partie de ces gens qui ne regardent pas la télé, mais qui la citent sans arrêt. C'est comme avec le proverbe chinois, on peut lui faire dire n'importe quoi. On est sûr que personne ne peut la regarder, dans toutes les langues, 24 heures sur 24. Revenons à mes moutons qu'il est urgent de rassembler ce soir pour ne pas trop indisposer mon concierge. Il m'arrive souvent d'oublier de régler le loyer en évitant d'être à la maison un jeudi soir. Je passe la nuit dans un bar miteux à régler l'heure tout en imaginant mon concierge en train de tourner en rond comme un animal en cage. Mais quand j'ai l'argent, je me montre ostensiblement. Je fais du bruit en montant l'escalier. Je danse tout seul en prenant soin de le faire juste au-dessus de sa tête, sachant qu'il se tient souvent près de la fenêtre. Je peux capter sur mon sismographe, sans le voir, le moindre de ses déplacements. Il résiste toujours un bon moment avant de venir frapper à ma porte. J'ouvre, et je lui sors du même coup une citation de Platon, l'intello-star de la Grèce antique. Il ne sait même pas qui c'est, croyant qu'il a affaire à un des clochards qui traînent dans le petit parc en face. C'est quand même un Grec, ce concierge, il devrait avoir entendu au moins une fois dans sa vie le nom de Platon. Je suis presque fier de connaître un Grec qui ne sait pas qui est Platon. Je déteste, bien sûr, toute cette propagande faite autour des philosophes grecs, leur préférant les poètes japonais plus énigmatiques.

— Je ne pourrai vous payer que plus tard, je lui fais sans ciller, car Platon doit passer me rembourser une dette d'une minute à l'autre.

Je fais toujours de longues phrases avec lui. Moins la personne devant moi est verbeuse, plus je deviens pompeux. Je déteste les gens de peu de mots. Ils n'ont simplement rien dans la tête. Souvent des paysans réactionnaires ou de vieux cons de ville. Il part sans un mot puisqu'il ne pense qu'à l'argent. Je suis riche de mots, moi. Je peux lui payer en mots tout de suite son loyer jusqu'à la fin de l'année. Dix minutes plus tard, je l'entends remonter précipitamment l'escalier, sûrement pris d'un soudain malaise – ma cassette, ma cassette.

— Ton type, là, il a intérêt à te payer, dit-il à bout de souffle.

— Quel type ?

— Ton Platon.

— Bravo, ça marche dans les deux sens...

— Quoi ?

— Regardez : Ton Platon, ça marche à l'envers comme à l'endroit... Vous devriez vous lancer dans le rap ou dans le slam.

— Qu'est-ce que tu veux me dire ?

— Écoutez... tonplaton... Maintenant, je le dis à l'envers : tonplaton... Vous voyez là ?

Je l'écris pour lui sur un morceau de carton : tonplaton.

— Es-tu devenu fou ?

— Mais je ne vous l'aurais jamais dit si c'était vrai... C'est à vous de juger si je suis devenu fou. Peut-être que oui... Peut-être que non... Peut-être que oui... Peut-être que non...

Je danse autour de lui. Il s'en va encore plus furieux qu'à son arrivée. Je suis impressionné par les gens toujours furieux, me demandant s'ils rigolent parfois en cachette. Faudrait que je trouve un moyen pour l'espionner quand il est seul dans sa chambre. Faire un trou discret dans le plancher. Je l'imagine assis sur le lit et regardant, à la télé sur VHS, un vieux match opposant de jeunes boxeurs grecs morts depuis longtemps. Sûrement que l'un des deux boxeurs vient de son village… C'est peut-être un ancien danseur folklorique. Je le vois danser tout en sueur. Les jambes, les jambes, les jambes. C'est la base de la danse folklorique grecque. Et mon Zorba qui danse en regardant droit devant lui. Sous ses talons, sa terre. Au bout de ses pieds : son peuple, sa culture, sa cuisine, sa musique et sa femme. Je peux bien me moquer, c'est lui qui finit toujours par avoir le dernier mot. C'est qu'à un moment donné, il faut cracher le fric. Et là Platon ne fait pas le poids.

Le secret d'Hideko

Toujours le même problème. On croit en avoir fini, et ça recommence. Le producteur imaginaire veut une dernière scène. Pourquoi ? Trop court. Et puis, on ne termine pas un film sur une question, m'a-t-il dit. Qu'est-ce qui m'en empêcherait ? L'argent. Même l'argent imaginaire semble irrésistible. Où en étais-je ? Au secret d'Hideko. Quel est le secret d'Hideko ? La honte. La honte d'aimer celle que personne n'aime. On commence par la voir comme tout le monde. Elle est moche. Elle est celle qui ne peut que se dévouer. Sa sexualité enfouie si loin qu'elle ne se masturbe même plus. Elle ne trouverait pas son sexe. Pour se masturber, il faut être capable de s'imaginer avec quelqu'un d'autre, de pouvoir le prendre malgré lui, ou l'obliger à vous prendre, à vous embrasser, une opération qui demande un minimum d'estime de soi. Elle ne l'a pas. Elle n'a non plus en elle aucune méchanceté, ni ambition. C'est un arbre qui attend d'être arrosé. Rien de moins sexy. Le pouvoir, elle ne connaît pas. La séduction encore moins. Je ne parle pas d'Hideko, bien sûr, mais de celle qu'elle aime. De son secret. De sa honte. À l'opposé de celle-là, il y a celle que la méchanceté embellit – comme Lucrèce Borgia qui a illuminé mon adolescence. La méchanceté est une épice forte. Hollywood nous a appris que les vraies méchantes sont surtout des assoiffées de pouvoir. Mais elles sont d'abord belles – comme Fumi. Cheveux noirs, regard profond, lèvres sensuelles. Fumi ne gaspille pas son énergie. Elle n'utilise la séduction que si ça peut l'aider à progresser vers le trône. Sinon elle se sert de son esprit. Les autres font malheureusement le contraire : elles usent jusqu'à la corde leur capacité de séduire tout en gardant leur intelligence à l'abri. La mécanique se rouille, et elles perdent leur esprit au moment où elles en ont le plus besoin. Fumi est plus prudente – aussi besogneuse que la fourmi. Le cinéma, encore, nous a montré dans les détails la préparation d'une méchante pour la grande scène de séduction. Elle dénoue ses cheveux qui s'étalent sur son dos. Chevelure abondante. Un léger maquillage, car la méchante sait toujours ce qu'il faut faire. Elle semble ne pas prêter attention à la fine lingerie ni aux recherches sur la peau, mais elle connaît chaque parfum, chaque bijou sur le marché, et la souplesse du tissu comme la température des couleurs. Elle s'habille avec soin, sans en faire trop. Et la touche finale, c'est son âme qu'elle maquille. Elle devient resplendissante de bonté. Et nous, on prie pour qu'elle en prenne le goût. Elle ne se fait jamais rejeter par un homme. C'est toujours un événement extérieur (l'arrivée de l'ange de la pureté) qui vient sauver, au dernier moment, l'homme marié ou la femme vertueuse. On n'insiste jamais sur le fait que la méchante l'avait déjà dans ses bras, qu'il ou elle était déjà ailleurs, sur l'île de toutes les tentations. Mais la moche que le pouvoir tolère à ses côtés, est bien différente de la méchante. Elle est là au même titre que le fou du roi. Hideko insomniaque, marchant dans les couloirs, tombe sur Tomo dans sa chambre. La porte étant entrouverte à cause de la chaleur. Tomo ne sait pas qu'elle est là. Hideko la regarde en train de lire un bouquin de Mishima – *Le Pavillon d'or*. L'histoire étrange d'un jeune moine contrefait qui se trouve face au Pavillon d'or, cette merveille d'équilibre et de grâce. Le jeune moine refusant de partager un même univers que le Pavillon d'or, décide alors de le brûler. Hideko connaissait l'histoire car c'est le livre préféré de sa mère. Et il s'est passé cette chose étrange : Hideko a eu un coup de foudre pour Tomo. Elle est retournée dans sa chambre en se tenant le ventre. Elle s'est couchée par terre espérant le sommeil qui n'est pas venu, cette nuit-là. Mais qu'est-ce qui m'arrive ? Pourquoi moi ? Tout cela a-t-il commencé depuis que ma mère a eu le coup de foudre pour le roman de Mishima ? Hideko se dit qu'il faut surtout cacher une telle faiblesse. Fumi, la terreur noire, ne doit absolument pas le savoir. Il faut la faire taire avant qu'elle ne parle. Et ne pas imaginer qu'un tel événement échappera à l'œil perçant de Fumi. C'est à ce moment-là qu'Hideko a voulu connaître le secret de Fumi. Si jamais Fumi la dévoile, et comme elle n'hésitera pas à l'exposer nue sur la place publique, elle, Hideko, révélera toujours en tombant le secret de Fumi. Ce qui sera son ultime vengeance. Comment cacher cela ? En remplaçant le sentiment monstrueux qu'elle éprouve pour Tomo par un sentiment plus normal, plus acceptable. Elle concentre donc toute son attention sur Midori. Personne ne peut soupçonner qu'on puisse préférer Tomo à Midori. Personne, sauf Takashi. Takashi est un pervers qui n'aime que ce qui est laid, mons-

trueux, sale, dégoûtant – Takashi aurait préféré le
jeune moine au Pavillon d'or. Il s'est comparé un jour
à un cendrier. Pourquoi pas une poubelle qui semble
plus sale ? On y trouve de tout dans une poubelle,
même de bonnes choses. On ne peut rien faire avec
de la cendre. C'est la fin de tout. Takashi a découvert
le secret de Hideko un soir qu'il fumait sur le bal-
con, et que les filles sortaient en boîte. Elles étaient
en train de monter dans deux taxis. Elle a vu Hideko
se cacher derrière un arbre pour ne pas monter à
côté de Midori. Midori ne tolère pas Tomo trop près
d'elle. Tomo l'aime, s'occupe d'elle, c'est bien, mais
qu'elle garde ses distances. Hideko est montée dans
l'autre taxi, celui qu'a pris Tomo. Juste avant, elle a
tenté en vain de changer de place avec Fumi pour être
près de Midori. Ce qui a mis la puce à l'oreille de
Takashi c'est qu'elle était arrivée en bas bien avant
Fumi, et qu'elle aurait pu facilement avoir le siège à
côté de Midori. Takashi comprend qu'Hideko joue à
quelque chose. Si elle a préparé la scène avec tant de
soin, c'est qu'elle a un projet : être à côté de Tomo.
Takashi sourit. Deux jours plus tard, il confronte dans
sa chambre Hideko qui fond en larmes, et lui raconte
tout. Sa mère. Le Pavillon d'or. Son dégoût et son attirance pour Tomo. C'est un combat qu'elle mène de
tout temps sans pouvoir mettre le doigt sur l'ennemi
toujours masqué. Son attirance sexuelle pour la lai-
deur. Les êtres informes, les rejetés, les exclus. Ce sont
eux qui l'excitent. Takashi la prend dans ses bras et la
console. Il lui ouvre, durant toute la nuit, un nouvel
univers. Elle n'est pas seule. C'est le cas de millions
de gens. Le fait d'être belle ou laide n'a rien à voir
avec nos désirs. Deux univers parallèles. On ne se voit

que dans le regard de l'autre, malgré tous nos efforts. Takashi lui explique qu'il y a autant de risques de rejet avec les laids, les moches, les monstres qu'avec l'autre groupe. Il suffit que l'autre s'aperçoive de notre intérêt, et il ne peut pas ne pas s'en apercevoir, pour qu'il devienne inaccessible. Le désir c'est la distance à parcourir entre la soif et la fontaine qui recule au fur et à mesure qu'on avance vers elle. La nuit a commencé à se rafraîchir. Le corps de Hideko s'est amolli. Ses yeux se sont fermés. Un sourire flotte sur ses lèvres. Takashi a fermé doucement la porte avant de retourner à sa chambre.

Le parc

J'évite toujours ce coin du parc plutôt fréquenté par des types qui reviennent de la cueillette des pommes dans les plaines d'Alberta. Ils arborent tous la même barbichette rousse, le même regard clair et irresponsable, et les mêmes ongles sales qu'ils regardent avec un mélange d'étonnement et de fierté. Ce sont pour la plupart des gosses des banlieues cossues de Montréal (Saint-Lambert, Repentigny, Belœil ou Brossard) qui veulent jouer aux travailleurs migrants avec, dans leur poche, un exemplaire fripé du gros bouquin de Steinbeck. L'année dernière, ils lisaient encore *L'Attrape-Cœur* de Salinger tout en rêvant d'une virée de trois jours au centre-ville, et en ayant pris soin de dire à leur mère qu'ils coucheront chez leur cousin. Ils passeront plus tard à Kerouac qu'ils emporteront dans un train de nuit du Canadian Pacific qui va jusqu'à Vancouver, avant de se mettre à Bukowski et à la bière en fût. Le début de la dégringolade. Ce n'est pas la première génération d'éberlués qui traîne dans ce parc – celle d'avant se shootait à Burroughs et à l'héroïne. J'ai même connu l'époque où les garçons lisaient *Le Loup des steppes* et les filles gardaient toujours dans leur sac un exemplaire du *Prophète* de Gibran. C'est un parc littéraire où les jeunes gens apprennent à vivre dans des bouquins. Je m'assois sur un banc, pas loin du petit kiosque où l'on vend des fleurs, pour observer ces filles en robes printanières qui traversent dangereusement la rue sous un feu rouge – elles ont tous les droits. Ce qui provoque une petite accélération dans la circulation sanguine des chauffeurs déjà en rut car ce n'est pas la première grappe de filles aux jambes nues qu'ils croisent dans cette ville où l'on commence à se déshabiller en avril. Elles se déchaussent en mettant le pied sur le gazon, courent un moment avec les chiens, pour se retrouver à côté de ces types qui racontent, sur un ton monocorde, d'interminables récits de voyage qui finissent par donner la migraine. Avec l'argent gagné là-bas en faisant de petits boulots, ils se sont acheté quelques chiens qui les réchauffent durant l'hiver. Un jeune homme endormi tout au fond du parc, une demi-douzaine de chiens de race autour de lui. Le problème, paraît-il, c'est de les nourrir. Ces chiens peuvent bouffer un âne par jour. Un autre appuyé contre un arbre comme un guerrier pensif. On dirait une armée en bivouac. Le poète Gaston Miron me frôle, tout en continuant son chemin sans arrêter de ruminer, avec ses puissantes mâchoires d'alligator, ce poème qu'il vient juste d'écrire. Il va voir Françoise, la libraire, cette amie des poètes affamés et des jeunes romanciers à peine primés et déjà oubliés. Coin bien littéraire complètement différent de mon ancien quartier ouvrier, dans l'est de la ville. J'ai quitté l'usine un matin en prenant la décision de ne plus me presser. Je lis, j'écris, je flâne. Je ne connais presque personne, sauf ce Coréen qui se manifeste chaque fois que je pense à lui.

— Tu l'as vue, Midori ? me demande-t-il.

— Oui.

— Et comment ça s'est passé ?

Un silence.

— Oui... Un autre est arrivé...

— Je sais, dit-il en s'en allant.

Toujours garder le mythe vivant. Justement, je suis en train de lire un petit bouquin précieux là-dessus du grand historien du monde gréco-romain Paul Veyne : *Les Grecs ont-ils cru à leurs mythes ?* Veyne écrit froidement c'est-à-dire sans avoir rien fumé d'illicite : « Il fut un temps où les poètes ou historiens fabulaient de toutes pièces des dynasties royales, avec le nom de chaque potentat et son arbre généalogique ; ce n'étaient pas des faussaires et ils n'étaient pas non plus de mauvaise foi : ils suivaient la mode alors normale pour parvenir à des vérités. » Je suis en plein là-dedans. Je crée quelque chose, et j'y crois après. Je ne peux plus me passer de ces filles. Elles sont plus vivantes que celles que je croise. Elles bouffent tout mon temps. Je ne pense qu'à elles. Je me noie dans leur monde. Je les vois au réveil, je les sens, comme si elles m'avaient happé. Elles sont là dans la pénombre de ma chambre avec leurs yeux luisants, et n'attendent qu'un appel pour s'emparer de tout mon imaginaire. Je n'ai qu'à écrire Midori. Je sais, tous ceux à qui j'en ai parlé me disent qu'ils la voient. On voit aussi Fumi, Noriko, Hideko, Tomo, Haruki, Eiko et Takashi. Je dois les quitter avant qu'elles (et Takashi) s'emparent aussi de mes jours. Jusqu'à présent, j'ai pu les garder dans l'espace de la nuit. Si jamais elles se font voir le jour, je suis perdu. Je dois défendre le peu de lumière qui me reste. Alors adieu au monde de la nuit et de la solitude.

La guerre de Troie

Je vois passer un type avec trois souvlakis bien enve-loppés dans un papier transparent. Je connais le pro-blème. Au fond, il va là-bas pour apercevoir Helena. C'est à cause d'elle que j'ai loué une chambre en face du parc, tout à côté de la librairie. C'est la fille du concierge, elle est serveuse au Zorba. Le jeu d'Helena est si subtil que cela m'a pris un temps fou avant de faire un rapport entre le souvlaki et mes effroyables coliques nocturnes. Souvent assise au fond du restaurant, près des toilettes. Elle ne se dépêche jamais, prenant tout son temps avant de lever sur vous ses grands yeux noirs qui te paralysent. Au début, j'ai commis la bêtise de croire que c'était mon charme qui avait fini par agir. Comme elle se déplaçait si lentement, j'avais l'impres-sion d'être le pêcheur. Jusqu'à ce que je comprenne que c'était moi le poisson qui gigotait au bout de sa ligne. Je ne sais toujours pas ce qui me pousse à me lever subitement au milieu de la nuit pour aller acheter un souvlaki sans prescription. Ses yeux sont si noirs qu'on a l'impression qu'il fait minuit à midi, mais elle n'a qu'à tourner son visage vers vous pour que le jour se lève enfin. J'ai tout fait pour entendre sa voix.

— Il fait beau aujourd'hui, vous ne trouvez pas ?

Pas un mot.

110

— Si j'achète toujours un souvlaki à l'agneau, c'est que je n'aime pas le souvlaki poulet.

Un temps.

— Peut-être que je devrais essayer le poulet, qu'en pensez-vous ?

Silence.

— Je sais que vous vous appelez Helena. J'habite en face. Votre père est mon concierge.

Elle retourne à sa place sans me répondre. Je n'ai qu'une solution pour la faire revenir.

— J'aimerais un autre souvlaki s'il vous plaît.

Elle agit comme ces dealers qui ne vous accordent jamais ce peu d'attention que vous désirez vraiment.

— C'est pour emporter.

Elle le glisse sans se presser dans un sachet brun. Je n'avais même plus envie du premier souvlaki, me voilà avec un second.

— À bientôt.

Elle retourne encore s'asseoir sans me répondre. Sa nuque duveteuse. Un sparadrap sur le coude gauche. Je retraverse le parc, la nuit, avec sa lune cachée par les arbres feuillus. Basho m'habite.

Un type m'arrête.

— J'ai faim… Peux-tu me passer ton souvlaki ?

Je le lui donne. Il me regarde droit dans les yeux tout en m'empêchant de partir.

— Oh, pas si vite, laisse-moi au moins le temps de faire mon baratin.

— Je n'ai pas faim, moi.

— C'est pas une raison, mon vieux.

Il se met à danser autour de moi en faisant le geste de tournoyer un tomahawk au-dessus de sa tête. Il n'a rien d'un Indien.

111

— Bon, ça va.

— Tu sais, mon vieux, qu'on t'appelle aussi l'homme-souvlaki.

— Pourquoi ?

— Et tu n'es pas le seul à avoir mordu à l'hameçon.

— Mais de quoi vous parlez ?

— J'ai vendu mon chien l'été dernier, juste pour voir Helena... Pour la voir, il faut acheter au moins un souvlaki, dit-il en dévorant le mien. Maintenant, je n'ai plus un sou... Et j'ai une addiction au souvlaki.

Il s'approche tout près de moi. Son haleine sent l'oignon.

— Ça, mon ami, c'est le souvlaki de trop... Si tu reviens une fois de plus, t'es un homme mort.

— C'est une menace !

Il se met à rire.

— Mais non, ton danger c'est elle... C'est la pire dealer, pire qu'une vendeuse de coke. Tu vas commencer à acheter des souvlakis que tu viendras jeter ici, à la poubelle. C'est de ça qu'on se nourrit, nous. On ne va pas s'en plaindre. On fouille dans les poubelles comme des pigeons pour chercher les souvlakis jetés par les clients d'Helena. Tu n'auras pas un sourire avant 356 souvlakis. Et elle ne répondra à ton salut qu'après 1 823 souvlakis.

— D'où vous viennent ces chiffres ?

Il me sort un minuscule calepin où tout est noté au crayon.

— Regarde... c'est toi ici... Depuis le début de cette semaine tu as acheté 8 souvlakis, et on est mercredi seulement... Et la semaine dernière tu es entré 18 fois au Zorba.

— Pourquoi comptez-vous les souvlakis des autres ? Qu'est-ce que ça peut vous faire que je mange des souvlakis ?

— J'ai aussi ton graphe… Regarde, c'est calme mais constant. Même tard le soir, tu passes parfois. Selon mon avis, tu vas accélérer à partir de la semaine prochaine… Regarde, Rejean, il est à 36 souvlakis par semaine, et toujours en progression. Dans deux semaines, il atteindra les 50 souvlakis, et pourra battre le record de Leblanc qui était à 53 souvlakis avant son accident… Tu n'es pas encore chez les grands, mais ça viendra.

— Vous voulez dire que tous ces gens-là ont un rapport avec elle.

— C'est l'armée d'Agamemnon qui vient pour la libérer.

— De quoi vous parlez ?

— Tu vois le type en avant avec six chiens… C'est Achille. Vrai, il a pris ce nom. Et celui toujours pensif près de l'arbre, c'est Ulysse. Ils sont tous là. Ajax. Nos dieux nous accompagnent.

— Qu'est-ce que vous faisiez avant ?

Il sourit.

— J'attendais cette question… J'étais prof. Juste en bas de la côte. J'enseignais l'histoire aux adolescents. Je traversais le parc deux fois par jour sans rien remarquer. Un jour un gosse qui aurait pu être un de mes étudiants m'a vendu de l'héroïne. Je voulais tenter l'expérience. Je me suis dit que si c'est une expérience, cela n'aura aucun impact sur moi. Ce n'était pas une expérience, c'était la réalité. Un jour, je ne voyais plus l'intérêt d'aller enseigner. Qu'est-ce que je peux enseigner à ces gosses quand je ne sais rien de la vie. Je me suis acheté un sac de couchage, c'est la seule chose dont j'avais besoin. Et je me suis installé sous cet arbre en face de la reine de Troie... Maintenant, je vais dormir un peu.

Il se recroqueville sur le banc. Comme il me fait penser à Basho. Vivre sous un arbre. Changer de vie. Pourrais-je le faire ? Je le regarde un moment avant de prendre la décision de me remettre au saumon rose. Aucun danger avec ce gros poissonnier bien installé dans le complexe commercial du coin de la rue.

Dans quelques instants, la nuit va tomber, et le parc changera de faune. Les filles de l'Institut hôtelier vont rentrer chez elles pour être remplacées par de jeunes prostituées qui sont, pour la plupart, d'anciennes étudiantes du même institut – ce gros bâtiment dont le seul intérêt est qu'il y a un métro en dessous. Et les mangeurs de souvlakis remplacés eux aussi par des dealers de coke. Les voitures des hommes d'affaires du centre-ville vont faire au ralenti plusieurs fois le tour du minuscule parc sous l'œil du policier qui reçoit un pourcentage sur chaque client, et non sur chaque voiture comme c'était le cas autrefois.

Un plat de spaghetti devant la télé

J'entends des pas précipités dans l'escalier derrière moi. Je cherchais déjà mes clés.

— Platon, il n'est pas venu ?

— Quel Platon ?

Son visage se rembrunit.

— Mon loyer.

— Oh, il va venir…

— Je veux être payé aujourd'hui !

— Mais monsieur Zorba…

— Je ne m'appelle pas Zorba.

Je ne l'ai jamais vu d'une telle humeur.

— On a encore tout le temps.

Ce qui le met à chaque fois hors de lui.

— Je n'ai pas envie de te courir après toute la nuit.

— Vous l'aurez votre argent… Comme chaque semaine.

— Justement, je ne l'ai pas toujours eu chaque semaine.

Ah, lui, se faire voler ! J'arrive à peine à le retarder d'une demi-journée. Une fois, j'étais allé à New York avec des amis, et il n'a eu son argent que trois jours plus tard. Sa tête. Il redescend en marmonnant entre ses dents des malédictions paysannes. J'ouvre la porte, je dépose l'argent du loyer sur la table, me déshabille avant de me glisser sous les draps. J'ai le temps de piquer un petit somme, et de me réveiller avant son retour. C'est rare. J'ai même eu le temps de faire un spaghetti à l'ail, oignon et petits pois que j'ai mangé en regardant un vieux Columbo à la télé. J'ai déniché un peu de mauvais vin dans une bouteille qui traînait sous la table – assez pour remplir un verre. Lucullus reçoit Lucullus. Je me suis assis, à gauche de l'appareil, de manière à faire antenne. On se connaît bien, cette télé et moi. Si on peut appeler ça une télé car je ne perçois que vaguement les formes, mais le son est encore bon. Cette télé est excellente pour les concerts du Metropolitan Orchestra, si on aime ça, mais je déteste. Parfois j'écoute, espérant un miracle. La plupart du temps l'écran gris reste là à me lorgner – comme un œil torve. Zorba, lui, se contente de réclamer son fric. Chaque fois que je lui demande de changer au moins la télé, juste pour le faire chier, il joue à celui qui ne comprend pas le français. Il a un simple émetteur dans la tête, pas de récepteur.

Le bâton du flic

On frappe. À onze heures. Je ne lui donnerai son argent qu'à minuit moins dix, pas une seconde avant. Les dix minutes, en pourboires. On insiste. Il sait que je suis là. Bon, je vais ouvrir. Deux policiers. Ils entrent sans s'essuyer les pieds. Ils inspectent minutieusement la chambre sans daigner me dire qui ils sont (je peux le voir), au moins ce qu'ils veulent, et ça je ne peux pas le savoir sans leur aide. Bof, avec la police, il faut simplement attendre. C'est ce que je fais. Je m'assois. Le concierge en bas doit être dans tous ses états. Non seulement il déteste la police comme tous les immigrés, mais il se demande s'il va être payé avec toutes ces histoires. Eux continuent à circuler sans ménagement chez le contribuable. Ils vont ici et là. Ils ouvrent tous les tiroirs, tombent sur des sous-vêtements de femme qu'ils manipulent outrageusement. Ils vont ensuite à la fenêtre et restent longtemps à discuter à voix basse. Je les attends tranquillement. Il faudra bien qu'ils me parlent à un moment donné. Les voilà qui viennent se planter devant moi. Deux policiers et un Noir dans la chambre crasseuse d'un quartier mal famé de Montréal, ça craint. Le plus vieux s'approche de moi jusqu'à effleurer ma cuisse avec son genou. La pièce sent subitement la merde.

— Laissez-moi voir ça, dit le plus vieux des policiers... Vous êtes son mac. Elle est venue vous donner l'argent. Vous avez pris de la coke ensemble. À un moment donné, elle vous a fait chier, je peux comprendre tout ça... Ce que je ne comprends pas c'est pourquoi vous l'avez jetée par la fenêtre alors que vous auriez pu la faire sortir par l'escalier. Moi, des contorsions dans l'escalier, je ne me déplace pas... Vous étiez trop drogué pour faire la différence, c'est ça ?

Je ne réponds pas. Il se tourne vers le jeune policier qui assistait ébahi à la démonstration impeccable.

— C'est trente ans d'expérience, ça, mon gars... Allez, on l'emmène, j'ai pas que ça à faire ce soir.

Je ne bouge toujours pas de ma chaise. Je sais que ça ne fait que commencer. J'ai trop regardé Columbo à la télé. Le jeune policier (si c'est pas son premier c'est son deuxième jour de travail) s'avance vers moi. Il s'apprête à me menotter. S'il s'agit de la même histoire, ça doit faire des jours que c'est arrivé. Si on avait le moindre soupçon qu'un meurtre ait été commis dans cet appartement, le quartier aurait déjà été encerclé. Et ce n'est pas deux cons (un jeune et un vieux) qu'on m'aurait envoyés, mais l'armée. Ils sont simplement venus voir s'il n'y a pas de coke qui traîne ici. La seule chose que j'ai à faire c'est ne pas bouger. Ne rien dire. Ne rien faire. D'un autre côté, j'ai de sérieux doutes que cette histoire s'est passée dans la réalité. Paul Veyne nous rappelle que : « les vérités étaient elles-mêmes des imaginations ». Pour lui ce qui est imaginaire peut devenir réalité. Ça peut arriver aussi que je sois saoul et que j'aie amené une femme ici, et qu'elle se soit jetée par la fenêtre. Je me suis endormi après. Et le lendemain, avec les bribes d'images qui me remontent à la tête, j'ai brodé toute une histoire. Faut dire que j'ai quand même été voir Midori au Café Sarajevo, mais pris d'un malaise, je suis sorti après le spectacle de Baiser Inc. Au lieu de rentrer à pied, ce qui aurait calmé mon malaise, j'ai pris le métro. L'enfermement ne m'a pas aidé. Je lisais Basho tout en regardant cette Chinoise assise en face de moi. Comme j'ai perdu connaissance juste en descendant du wagon, elle a eu la présence d'esprit de m'attraper avant que je ne tombe. Ne suis-je pas en train de me monter une autre histoire à cause de la police? M'a-t-elle accompagné ici? Je ne sais pas. Ah, il y a une histoire. Le lendemain de mon malaise, j'ai piqué devant l'immeuble le journal du concierge, et c'est là que j'ai vu le corps d'une jeune fille sur le trottoir – sous ma fenêtre. En première page. Le choc de se voir mêlé publiquement à la mort. La mort est une star incomprise. Elle porte des lunettes noires pour passer incognito. Elle attire tous les regards. En un clin d'œil, un inconnu mort peut devenir une vedette. J'ai peut-être conclu trop précipitamment qu'elle était tombée de ma fenêtre. Parce qu'elle était là étalée sous ma fenêtre. J'ai raisonné comme un policier qui voit des meurtriers partout. Pour chaque meurtre, ils trouvent quinze suspects. Jamais le bon. Il faut que je pense vite. D'abord, je ne suis pas dans la fiction. Ensuite, de quelle mort parle-t-on? Peut-être que c'est Zorba qui a poussé la belle Hélène par la fenêtre. Agamemnon a bien sacrifié sa fille. Je ne pense pas que ce soit une bonne idée d'entreprendre un pareil débat avec deux policiers, un jeudi soir.

Le jeune policier me pousse déjà sur le côté et s'apprête à me passer les menottes.

— Oh! là! dit le vieux, il faut attendre qu'il acquiesce à ma petite démonstration… T'as quelque chose à dire? dit-il en se déplaçant un peu.

Il vient de me tutoyer – un signal. Je vois dans le regard du jeune policier qu'il a remarqué aussi. Lui non plus ne sait pas ce qui pourrait se passer dans cette pièce.

— J'ai déjà parlé aux policiers…

— Nous, on est quoi? éructe-t-il en revenant vers moi.

Il fait rouler son bâton sur ma cuisse. On est passé au mode sexuel. C'est le plus dangereux. Le moindre geste peut être pris pour une provocation.

— Je parle des deux autres policiers qui étaient venus le soir de l'accident.

— Oh! là! n'allez pas si vite… c'est à moi de déterminer si c'est un accident. Dans mon esprit, il y a un meurtre, et j'ai un suspect.

— Ils ont pris les boucles d'oreilles et la lettre…

— Quelle lettre? demande spontanément le jeune qui n'est pas au courant du dossier.

— La lettre qu'elle a écrite à ses parents.

— Essaies-tu d'insinuer que des policiers de la Gendarmerie royale du Canada ont volé les bijoux d'une prostituée? lance-t-il à la ronde tout en pressant son bâton, cette fois, sur mon pénis.

Le bâton est le prolongement de sa main. Le jeune policier vient de remarquer le manège et il rougit immédiatement.

— Ils ont tout mis dans un petit sac, je continue sans prêter attention aux attouchements sexuels…

— Passez-lui les menottes, dit-il en me regardant droit dans les yeux.

Je ne bouge pas. On me pousse à nouveau. Et à la dernière seconde l'autre arrête le mouvement. Un vrai vaudeville. Et moi, toujours quelque part dans le vieux Japon. J'ai arrêté de faire partie du cirque qui se déroule sous mes yeux.

— Maintenant, vous allez me montrer où vous cachez la coke.

— Je ne prends pas de coke.

Il s'approche à nouveau de moi. Tout près. Avec son bâton. C'est une obsession.

— Je parle de la coke que tu vends.

— Je ne vends pas de coke non plus.

Je fais l'erreur d'avoir répondu trop vite. On est en mode dialogue. Il me faut tout de suite ralentir. Lui, il avance encore plus près, ce qui met de nouveau mal à l'aise le jeune policier. Oh, dans quelques années, il sera maître dans l'art de jouer du bâton avec le sexe des Nègres. Et il se souviendra avec émotion de sa première leçon.

— La coke que tu vends (il accélère le débit), les voisins se plaignent.

Je ne réponds pas. Il m'ouvre les cuisses avec sa jambe. Il est si proche de moi que je ne vois que son ventre (il se tient en forme pour un vieux) et du coin de l'œil je regarde le jeune qui semble déjà plus intéressé que choqué.

— Où l'as-tu cachée ?

Un temps. C'est ce temps qui doit être bien rythmé. Un interrogatoire, c'est un tempo spécial. Trop vite, on est en mode confrontation. Trop lent c'est de l'impertinence. Je bats la mesure discrètement avec mon pied droit. Cela fait un léger mais insistant frottement contre la cuisse du policier.

— Merde !

Il me flanque un coup à l'épaule. Le jeune policier s'inquiète. On ne doit pas frapper un civil qui ne représente aucun danger. Et il se dit immédiatement que s'il ne réagit pas, il devient complice. Sa carrière vient à peine de commencer. Il se demande ce qui s'est passé. Je le vois à ses yeux de souris inquiète. Le vieux policier file à la toilette. Il ferme la porte au nez du jeune policier qui tentait de le rejoindre. Il reste un moment là-dedans. J'entends couler l'eau du robinet. Le jeune policier m'interroge du regard pour comprendre ce qui vient de se passer. Visage neutre. C'est un jeune homme qui vient d'arriver dans la police. Ce sont souvent des jeunes de province qui n'ont aucune idée de la façon d'agir des policiers des grandes villes. N'ont jamais vu de Noirs ni d'Arabes dans leur région.

— Vous venez d'où ?

Un moment d'hésitation.

— De Gaspésie.

— Je connais Trois-Pistoles.

Son visage s'éclaire.

— Ma mère est de Trois-Pistoles… Qu'est-ce qui s'est passé ? Pourquoi vous a-t-il frappé ?

— Je ne sais pas.

On entend le bruit de la chasse d'eau. Il sort. Une grosse tache sur son pantalon.

— Je me suis mouillé, dit-il, tout penaud… On y va… J'ai plein de paperasses à faire au bureau.

Je viens de comprendre que sa descente est une initiative personnelle. Il a vu mon dossier avec mon adresse. Il est venu m'intimider, sachant que je ne suis pas assez stupide pour porter plainte.

Le temps des mimosas

Certains possèdent leur temps : « J'ai tout mon temps. » D'autres se font posséder par lui : « Je n'ai pas le temps. » Il y a aussi « le temps manquant » du suicidé. Mishima refuse de jouir du temps auquel il a droit, ne voulant pas abuser de l'instinct de conservation. L'instinct de conversation du mondain l'effrayant trop. Morand tente d'aller plus vite que le temps. Au galop ! Le désir étant un bon compas. Plus on désire quelque chose, moins le temps nous paraît long. Sauf quand on attend le coup de fil d'une femme qu'on a croisée la veille. À Tokyo, où je n'ai jamais mis les pieds, on conserve, paraît-il, le temps dans de jolies petites boîtes laquées. Si tu veux trois jours, on peut te les vendre. Contre de l'argent ? Non, on n'achète du temps qu'avec du temps. On peut te vendre trois jours gris contre deux jours ensoleillés et une nuit triste. Ou simplement une heure contre un baiser frais. Je voudrais acheter du temps japonais avec des mimosas ruisselants de pluie. Basho donne l'impression de cheminer à côté du temps.

Miss Météo

J'ouvre la télé. Je n'ai fait que monter le son, car je n'éteins jamais cette télé. Je me souviens d'un vieil immigrant hongrois rencontré à l'aéroport, à mon arrivée dans ce pays. Il a tenu à me donner ce conseil : « Ici, en Amérique du Nord, on n'éteint jamais la télé. » C'est ce que j'ai fait durant ces dernières années. Je veux tout voir sans rien regarder. En flânant ici et là sur le câble, je tombe sur Midori en miss Météo. C'est un canal local où je ne m'arrête jamais. Je n'y connais personne. On regarde la télé pour revoir des gens qu'on a croisés sur d'autres canaux. Mondanité virtuelle. On se sent moins seul. C'est la bousculade aussi. Ça entre, ça sort. De nouvelles têtes qui cherchent à devenir des figures de la scène. D'autres qu'on retrouvait à l'heure du repas, mais qu'on ne voit plus. En fait, ils vont s'établir ailleurs, dans des émissions qu'on ne fréquente pas. On les croise parfois en faisant du lèche-vitrines sur le tube, tout étonné de les rencontrer dans ce quartier mal famé. Certains ont déjà le col de la chemise élimé. Ah, misère. Une petite faillite intellectuelle, et on se retrouve dans le populo avec les vedettes de province qui ont toujours de ces cravates bariolées. Encore si on ne tombe pas dans l'équipe des cracheurs de feu : ceux qui rigolent quand on tabasse les femmes, ou qui voudraient qu'on net-toie le quartier au karcher. L'ancien animateur vedette qui découvre que la chute télévisuelle n'a pas de fin.

— On ne vous voit plus, monsieur ?

— Je suis là, répond l'ancien animateur avec un fin sourire cathodique.

— Je vous aimais bien, moi… Êtes-vous en train de préparer votre rentrée ?

Comme il n'a jamais quitté l'écran, la question le prend par surprise. Il se demande un bref moment si ça vaut la peine de raconter à un inconnu ses déboires avec les patrons. C'est qu'il a passé ces dernières années en procès.

— Excusez-moi, j'ai quelques courses à faire…

— Je comprends… Il n'y a plus de gens comme vous à la télé, aujourd'hui, et c'est vraiment dom-mage.

— Merci…

Il disparaît dans ce paysage laiteux d'un écran sans image. On le rattrape par la manche, comme dans les comédies musicales.

— Excusez-moi, monsieur… Vous vous appelez comment déjà ? C'est pour ma femme, sinon elle ne croira pas que je vous ai rencontré…

Des années pour se faire un nom. Déjà oublié. La mort télévisuelle. Tout repose sur les épaules du télé-spectateur. La critique, les prix, les félicitations, tout ça ne compte pas. La seule chose qui vaille à la fin c'est qu'on n'écorche plus votre nom. Même un nom aussi simple que Léo, cela peut prendre des années avant de le rentrer dans la tête des gens. Pour ce faire, ces derniers doivent s'enlever de la mémoire tous les autres Léo – et dans le lot on retrouve parfois des parents proches. Léo c'est maintenant lui, et il n'y en a qu'un.

Les canaux se sont multipliés. Il y a un canal qui raconte uniquement des événements de la Seconde Guerre mondiale, et Hitler y est si souvent que je l'appelle le canal nazi. Et un autre consacré à la météo. Quel temps fait-il ? Ça ne m'intéresse pas. Je regarde tout sans discernement. D'ailleurs on ne juge pas la télé, on la regarde. Comme on regarde un mur. Les gens refusent de partir, et ça fait un embouteillage de ratés. Impossible aussi de disparaître complètement, comme autrefois quand il n'y avait que deux chaînes. Aujourd'hui, avant d'atteindre le fond du gouffre, on passe par plusieurs étages amortisseurs. Une descente en douceur. De A à Z. On commence à descendre à partir de F. Une bonne chute à L. Sur le Q. Et après c'est les canaux où il faut payer de sa personne, comme accepter de passer sous le bistouri pour une chirurgie esthétique. Certaines animatrices le font en direct, tout ça pour trois points de part de marché. On est dans UVW. Z c'est pour les zombies – des gens habillés de noir dont on entend à peine la voix. À partir d'ici plus aucune chance de remonter à la surface. Mais si on veut continuer à descendre, il ne reste que le Tiers-Monde. En tout cas, Midori passe bien l'écran avec son kimono coloré et ses bâtons dans les cheveux. C'est un déguisement, sinon elle est toujours en jean et T-shirt. En se déguisant ainsi en Japonaise, elle devient moins Midori. Midori en Japonaise, ce n'est plus Midori. De toute façon, Midori ne les intéresse pas, ce qu'ils veulent c'est une geisha. Midori, je suppose, avait besoin de sous. Ou son agent l'a envoyée faire un stage pour la familiariser avec la caméra. Elle nous annonce la température jusqu'à jeudi prochain – moi, j'aimerais l'entendre jusqu'à la fin de l'année. Et si elle se trompe dans ses pronostics (on se croirait à Blue Bonnet), et qu'il fasse ensoleillé jeudi ? Demain, elle annoncera la température jusqu'à vendredi. Un jour efface la mémoire du précédent. On refuse d'associer la météo au journalisme. On ne peut pas vérifier le temps, on ne fait que le constater. Donc les notions de vérité et mensonge ne jouent pas ici. Cela tient de la magie, de la superstition ou de la supercherie. Pourtant la météo a encore meilleure presse que l'horoscope. Les ploucs se servent des deux dans les bars du centre-ville, les jeudis soir, pour aborder les filles. C'est un carburant pour la conversation. Voilà Midori en train de sourire pour la première fois à la caméra. C'est son point faible – elle ne sourit pas. Ça ne tardera pas, les téléspectateurs vont commencer à protester. C'est pour ça qu'ils regardent la météo à la télé. Sinon la radio aurait suffi. À la télé, on veut quelqu'un qui nous sourit quel que soit le temps qu'il fera demain. L'avenir radieux. Il faudrait que j'écrive une lettre à la rédaction pour contrer la horde haineuse qui va sûrement souligner l'aspect exotique de Midori. La première miss Météo qui ne sourit pas. On ne plaisante pas avec la météo dans ces pays de froid intense et interminable. Donner la température c'est l'équivalent du médecin qui, lui, vous prend la température. Midori ou celle qui se déguise en Japonaise (le problème d'identité de l'étranger c'est qu'on lui refuse le droit d'être autre chose que du folklore). Je parlerai du sourire absent de Midori, ce qui est une élégante façon de sourire. J'en suis à écrire des lettres à la télé. Je ferais mieux d'aller dormir.

Je vais pour éteindre la télé. Il était encore là avec son sourire figé et son chapeau mou.

— C'est Léo…

— Oui ?

— Vous m'aviez demandé mon nom.

Le chagrin de M. Tanizaki

Depuis notre rencontre ratée, je croise M. Tanizaki chaque fois que je mets un pied dehors. À la poissonnerie, à coup sûr, mais aussi chez le boulanger ou quand je vais acheter du vin. On dirait qu'il se place sur mon chemin tout en faisant semblant de m'éviter – comme si c'était moi qui le suivais. Parfois il me fait un discret signe de la main. Toujours ce sourire forcé comme épinglé sur le visage qui me donne l'impression d'être dans le film de Polanski – *Rosemary's Baby*. Je rentre après les courses pour trouver ma boîte aux lettres remplie de magazines japonais underground. Le soir, je regarde la télé (les chaînes câblées japonaises) ou bien je soupe – parfois les deux en même temps, souvent ni l'un ni l'autre. Je fixe le plafond. Parfois, je lis, toujours le même livre. Je l'ouvre pour me retrouver dans un haïku de Basho. C'est là que j'aimerais vivre, dans un vers de Basho. Le téléphone me fait sursauter – toujours à la même heure, ça m'a pris un certain temps à le déceler. Et quand je décroche, j'entends des voix japonaises, des voix très jeunes, souvent sur un fond de musique stridente. Du rock, ou parfois du heavy-metal. Les appels se font d'une discothèque assez branchée, vu le type de musique et l'agitation que je parviens à capter. Dès que je dis un mot, on s'excuse en anglais et on raccroche tout de suite. Des fois, je reste plus d'une minute sans prononcer une parole. J'écoute la musique, et j'entends les conversations – toujours en japonais. On ne s'adresse jamais directement à moi.

L'autre midi, on m'a apporté un repas que je n'avais pas commandé. Et quand j'ai voulu régler la note, le jeune livreur japonais m'a indiqué que c'était déjà fait. Ce sont toujours des plats que je n'avais jamais goûtés auparavant. D'ailleurs c'est facile, puisque j'ignore à peu près tout de la gastronomie japonaise. Je sais seulement qu'ils consomment une quantité inimaginable de poisson. En fait, je répète ce qu'on dit généralement à propos du Japon, je ne fais aucun effort de recherche. Je suis un parfait écho. Mon oreille ramasse tout. Mon œil capte tout. Et ma bouche avale tout. On a quand même pu me livrer depuis quelques semaines, presque chaque jour, un repas sans poisson.

J'ai craqué. Je m'habille et file au centre d'achat pour trouver M. Tanizaki en train de choisir du vin.

— Qu'est-ce que vous voulez ? Qu'est-ce qui se passe ? Que voulez-vous de moi ?

Il se met à bafouiller un étrange cocktail (moitié français, un quart anglais, un quart japonais, tout ça sur glaçons avec un zeste de citron).

— Mais… mais… mais, je ne comprends pas de quoi vous parlez, finit-il par articuler.

— C'est du harcèlement.

Il a changé trois fois de couleur (jaune, vert, rouge – un perroquet, je le savais).

— Je, je, je… ne comprends pas…

— C'est illégal, vous savez.

Ce mot l'a mis au bord de l'évanouissement.

— Je suis harcelé, je fais, imperméable à son embarras… J'ai l'impression d'être constamment épié. Et la personne que je croise, le plus souvent sur mon chemin, c'est vous.

— C'est moi !

Il fait l'étonné.

— Oui c'est vous, monsieur Tanizaki.

Le voilà en train de suer abondamment.

— Peut-on prendre un café ? finit-il par dire en m'indiquant un petit resto, juste à deux portes.

On va s'asseoir là. Un café pour lui, un thé pour moi.

— Alors ? je lance sans lui donner le temps de respirer.

— Croyez-moi, je suis confus.

On se regarde un long moment. Je tiens bon, cette fois. Il baisse la tête.

— J'étais professeur de littérature dans un lycée de la banlieue de Tokyo. Mon beau-frère est un haut fonctionnaire du gouvernement. J'en avais assez d'enseigner. Alors il m'a trouvé ce poste. En fait ce poste n'existe pas. J'ai déjà travaillé à tous les secteurs au consulat. J'ai été l'assistant de tout le monde.

— Et…

— Et quand j'ai entendu que vous étiez en train d'écrire un livre sur le Japon…

— Écoutez, je n'écris pas sur le Japon, monsieur… J'écris sur moi… C'est moi le Japon. Combien de fois dois-je vous le répéter ? Je pensais que vous l'aviez compris.

— J'avais compris que vous n'étiez pas forcément un écrivain japonais… Mais le mot Japon est dans le titre.

131

— Je prends le titre que je veux.

— C'est un titre qui nous intrigue beaucoup.

— C'est quoi ce « nous » ?

Il prend une longue respiration.

— Je travaille pour un hebdomadaire culturel de Tokyo… Je leur raconte depuis un moment cette histoire en brodant un peu, vous m'excuserez… Vous savez, les Japonais sont toujours intéressés par les questions d'identité.

— Mais c'est un peuple millénaire…

— Monsieur, tous les peuples sont millénaires, autrement c'est impossible. Il n'y a pas de génération spontanée, et d'autre part…

— D'accord.

Long silence.

— Cela a commencé après la défaite. Le fait d'avoir perdu la guerre… l'humiliation que les Américains ont fait subir publiquement à notre Empereur. Nous sommes très orgueilleux, vous savez. Et nous avions tout construit sur cet orgueil. Depuis Hiroshima et Nagasaki, nous devons tout reconstruire sur notre faiblesse… Ce désir de puissance qui ne veut pas partir… Alors on simule la force, une force qu'on n'a plus. Vous comprenez ?

— Qu'est-ce que je viens faire dans tout ça ?

Il se remet à suer et répète ma question avant d'y répondre.

— Et voilà que quelqu'un affirme qu'il est un écrivain japonais… Je sais, je sais, vous avez tout clarifié. Je l'annonce au pays. Bon, dans une petite revue. Tout le monde s'excite. Un étranger qui n'est pas spécialement emballé par tous ces objets qu'on fabrique, ni ce poisson qu'on pêche en quantité, je leur ai dit que vous n'aimez pas le sushi, et tout ça les a intrigués. Vous ne voulez pas non plus de notre yen, ni de nos geishas, etc.

— Oh là ! ne parlez pas trop à ma place. Pour le yen, je n'ai rien contre. Pour les geishas, on verra.

Il rit de bon cœur.

— Vous vous intéressez à ce que nous avons de plus fragile et de plus intime, à notre poésie, et j'ai raconté aussi pour Basho.

Il s'arrête brusquement, saoulé par son propre monologue.

— ... Puis, j'ai signalé que vous étiez noir... Cela a fait apparaître un aspect déplaisant de mon pays.

— Comment ça ?

Je comprends tout à fait de quoi il parle, mais j'aime faire l'idiot.

— Ils ont pris ça comme une terrible insulte...

— Je ne vois pas en quoi cela pourrait être insultant... Moi, je ne prends pas le fait d'être noir pour une insulte.

Il rit mollement.

— Bon... Bon... Disons que certaines personnes, heureusement pas tout le monde, croient que le pays est tombé bien bas si l'on doit payer un Noir pour qu'il accepte de prendre l'identité d'un écrivain japonais.

— Mais qu'est-ce que c'est que cette connerie ! Je n'ai pas été payé ! Ça n'a rien à voir avec le Japon ! C'est mon affaire !

Là, j'étais en colère, pas à cause de toute cette coloration raciste que prend cette histoire, mais parce qu'on s'attaque à ma liberté d'artiste.

— Oui, mais il faut les comprendre... C'est quand ils ont su que je travaillais au consulat...

— Vous leur avez dit que j'étais payé oui ou non ? Vous ne m'avez pas payé.

Il se vautre dans des excuses sans fin. Déjà qu'il s'excuse quand il a raison… Le voilà qui se noie dans sa sueur. Va-t-il se faire hara-kiri là, tout de suite, avec le couteau à beurre ?

On apporte mon thé. La serveuse doit avoir près de soixante-dix ans. Ça me gêne. C'est un boulot d'étudiants. On fait ça pour se payer les études, sinon il faut faire du strip-tease, le jeudi soir, pour les hommes d'affaires du centre-ville.

— Pourquoi toutes ces manigances ? Les coups de téléphone de nuit, les magazines, les repas livrés, c'est vous tout ça ?

Il serre le couteau dans son poing. Ses veines du cou se gonflent et se dégonflent.

— C'était pour alimenter ma chronique… Il y a quand même un certain nombre de gens que cette histoire intéresse. Ils aimeraient bien savoir comment on s'y prend pour devenir un écrivain japonais sans connaître le Japon.

— Et c'est pourquoi vous essayez de me refiler par la bande un peu de culture japonaise.

— Je voulais diriger votre curiosité sur autre chose que les clichés sur le Japon. Vous n'êtes toujours enthousiasmé que par ce Japon millénaire avec lequel on nous rebat les oreilles. On a l'impression d'être connus uniquement pour ça… On aimerait bien que les artistes occidentaux soient intéressés par le Japon d'aujourd'hui et non uniquement par les geishas et les cerisiers… Les jeunes Japonais ne s'intéressent pas à Basho, vous savez…

— Ils s'intéressent à l'Amérique, et moi je ne m'intéresse pas à eux.

— Et qu'est-ce qui vous intéresserait ?

— Je ne sais pas.

— J'aimerais pouvoir vous aider.

— Surtout pas… Si, peut-être une chose : j'aimerais savoir d'où on me téléphone, car j'aime bien l'ambiance. J'irai y faire un tour un de ces soirs.

Visage chagriné de M. Tanizaki.

— Non, vous ne pouvez pas. C'est un jeu que mes lecteurs ont imaginé. Ils vous appellent d'une discothèque de Tokyo.

— Et c'est quoi le jeu ?

— Celui qui arrive à vous garder le plus longtemps au bout du fil a gagné. Je m'excuse, j'étais venu acheter du vin, car il y a un petit cinq à sept au consulat. Si vous pouviez venir, cela nous ferait grand plaisir… Ce serait même un honneur pour nous.

Il est resté un moment entre la position assise et la position debout. Trop pressé pour attendre que je me lève, mais trop poli pour se lever avant moi. Finalement, je me suis levé, ce qui l'autorise à filer.

Américanisation/Japonisation

Leurs guerriers portent des costumes colorés et se maquillent violemment. Les Américains les ayant vaincus, ils sont devenus des Américains. Une façon de digérer ces maudits Yankees. Double culture : la sienne et celle de l'autre. D'où le succès monstrueux du double hamburger. Ils font les meilleurs sosies d'Elvis de cent dix livres. Dans certains petits villages, on peut tomber sur de redoutables amateurs de jazz. John Lee Hooker sans les morsures du racisme. Bob Dylan sans la bêtise des années 50. Marilyn Monroe sans les pilules pour la dépression. Ils font avec les gens ce que Las Vegas fait avec les monuments du monde. Des copies sur place. L'appétit insatiable de la jeune fille japonaise qui se nourrit de gadgets américains. Elle parle vite, casse le mot pour n'en garder que la moitié. Comme le temps refuse de s'allonger, elle fractionne le langage jusqu'à en faire un sabir incompréhensible. Elle mange le monde, le parle, le casse, le transforme, pensant ainsi transformer la défaite en victoire. Elle veut pénétrer secrètement au cœur du désir américain pour le changer en désir du Japonais. Les Américains ne redeviendront jamais des Américains parce qu'ils ignorent qu'ils sont déjà des Japonais. Et moi qui rêve tant d'être un écrivain japonais – je me demande ce que cela peut bien cacher. Et surtout d'où peut venir une pareille obsession.

Au téléphone, la voix est suave, et le français, impeccable. Avec un léger accent dont je n'arrive pas à déterminer l'origine.

— Cela nous prendra une journée, pas plus.

— Une journée de ma vie... Je n'ai pas tout ce temps-là à donner à quelqu'un que je ne connais même pas.

— Bravo ! Bravo ! Et merci ! Ah ! là là...

— Qu'est-ce que j'ai dit ?

— On cherche depuis une semaine un titre pour notre portrait, et là tout de suite, dès les premiers mots... Une journée de ma vie... Joli titre ! Et on ajoutera le reste en sous-titre : Je n'ai pas tout ce temps-là à donner, etc.

— Mais de quoi parlez-vous ?

— On est à votre disposition... Une journée de votre vie, pas plus. Nous sommes basés à New York. Si on arrivait mercredi et qu'on passait la journée de jeudi ensemble ?

— Pour faire quoi ?

— Eh bien, un documentaire sur vous.

— Et pourquoi ?

— Comment ça ? M. Tanizaki ne vous a rien dit ?

Un temps.

— Bon… C'est à moi de choisir.

— D'accord.

— Vendredi.

— D'accord, mais nous, on doit mettre les choses en place la veille. Ne vous inquiétez pas.

— Voilà qui commence à m'inquiéter.

— Nous serons une équipe très légère… Trois, pas plus. On ne va rien casser chez vous.

— Vous ne filmerez pas chez moi.

Long silence.

— Bon… On fera donc en ville. Quelqu'un vous appellera pour les détails. Et merci encore pour le titre.

— Vous vous appelez comment ?

— Dazaï.

— Comme l'écrivain ?

— Comme l'écrivain. Ma mère l'a connu. À bientôt.

C'est rare que quelqu'un soit plus pressé à quitter le téléphone que moi. Voilà une chose à noter. Ce garçon, juste pour cela, me paraît remarquable. Sans compter son français impeccable. J'adore cette posture de vieux con qui donne des points à tout le monde.

Deux jours plus tard. Une toute petite voix me réveille. L'impression qu'une souris s'était introduite dans mon rêve. Je rêve souvent d'animaux qui me parlent.

— Je m'appelle Kero… On doit faire un « Zoom » sur vous vendredi prochain ?

— Qui êtes-vous ?

— Dazaï ne vous a pas appelé ?

— De quoi parlez-vous ?

— C'est pour la télé japonaise.

— Ah oui…

— Vous m'avez fait peur… On arrive jeudi. Et tout doit être prêt avant.

— Vous me parlez d'où là ?

— De Tokyo. On a une antenne à Tokyo. On réalise les portraits à New York, Berlin, Amsterdam ou Milan, enfin de plus en plus dans des endroits décentrés comme Montréal ou Dakar. Enfin, on est un peu partout. On couvre souvent les défilés de mode, et c'est pour ça qu'on fait Paris.

Je suis toujours fasciné par cette capacité qu'ont les gens à vous appeler de n'importe où dans le monde et à se mettre à parler comme un moulin. Moi, je ne parle qu'à Diderot ou à mon concierge. D'ailleurs c'était étonnant qu'il ne soit pas déjà là à me réclamer son loyer. Pendant que je rêvassais, l'autre n'a pas arrêté.

— Vous êtes toujours là ?

Ça m'étonne qu'elle ait senti mon absence. Comment font-ils pour savoir quand on s'absente ? Y a-t-il quelque chose, un son, qui signale qu'on est ailleurs ? Même les bavards savent quand on rêve. Je m'arrête de faire des questions et des réponses dans ma tête. C'est le problème du solitaire.

— Ça va…

— Ah, merci… Je disais qu'on fait uniquement des « Zoom » sur les grands couturiers, les chefs importants de la nouvelle cuisine. Vous savez, au Japon, on est entiché de tout ce qui est nouveau. On aime la créativité, on est tout le temps à l'affût de choses inédites. La raison c'est qu'on déteste se faire prendre en situation d'ignorance. On veut être dans le vent… Mais si je vous saoule, vous me dites.

140

— Vous parlez comme une Parisienne.

— C'est à cause de Sagan. J'ai fait ma thèse de doctorat sur Sagan. J'ai passé trois ans à Paris, mais j'avais appris le français à l'Alliance française de Tokyo. Et puis, j'écoute TV5 pour rester un peu dans le coup. Je disais que depuis l'année dernière, on a ouvert une section sur les écrivains, les peintres, les musiciens… On a un public très branché, des gens bien informés qui n'achètent pas n'importe quoi. Ils ne veulent pas non plus des noms uniquement connus, un mélange. Surtout ça les vexe d'entendre parler de quelqu'un ailleurs. Ils sont prêts à payer pour avoir le meilleur produit. C'est pour cela qu'on fait attention à ce qu'on leur offre… Êtes-vous encore là ? Monsieur… Monsieur… Êtes-vous encore là ?

— Je ne sais pas trop si vous êtes entrée dans mes rêves… Votre voix me berce.

Elle rit.

— Si vous êtes toujours ainsi, ce sera génial.

— Pourquoi vous m'avez choisi ?

— Mais parce que vous êtes maintenant très connu ici ! On ne vous a pas dit ça ?

— Oui, mais je ne vis pas à Tokyo.

— Ni moi à Montréal, et pourtant on se parle. Qu'est-ce que ça veut dire vivre quelque part ?

Elle allait encore me filer entre les doigts.

— Et vous voulez savoir quoi ?

— On veut surtout vous voir… On sera les premiers à mettre un visage sur cet inconnu qui déchaîne les passions au Japon, et je pèse mes mots. Je ne veux pas prendre trop de votre temps… Puisque vous ne voulez pas qu'on vienne chez vous, dites-moi vos endroits préférés.

— Pourquoi pas ma couleur préférée ?

— C'est mon travail. On cherche des endroits pour faire les entrevues. Le lieu dit beaucoup.

— Ce serait encore plus intéressant si on ne me voyait pas... Juste les lieux.

— Très intéressant. Je vais parler à Dazaï de cette piste. Il aime tellement ce qui est original. Excusez-moi mais je sens une petite ironie là-dessous.

— Pas du tout.

— M. Tanizaki nous avait avertis que vous feriez tout pour contrecarrer ce projet... Au bureau, on a tous lu Basho pour essayer de vous comprendre. Pour les endroits, si vous pouvez m'en donner quelques-uns...

— Ça se trouve dans le même coin. Il y a un parc qui s'appelle square Saint-Louis, et en face il y a la Librairie du Square, et à côté de la librairie, un petit café qui s'appelle lui Les Gâteries. C'est tout.

— Tout ça n'est pas loin de la rue Saint-Denis, si je vois bien.

— Vous connaissez Montréal ?

— Non.

— Comment avez-vous su ?

— Un collègue m'a dit que c'est votre rue fétiche.

— Vous savez tout, alors.

— Je rigole... En fait je suis devant mon ordinateur qui me renseigne au fur et à mesure que vous parlez. Quelqu'un vous appellera pour préparer les entrevues.

— Et vous vous appelez comment ?

— Kero.

— Kero, je vais retourner au lit si ça ne vous dérange pas.

— On m'avait prévenue.

— De quoi ?

— Que vous passez votre temps au adoré vous filmer en train de dormir.

— C'est privé.

Clic.

Un œil froid

Bon, l'appareil photo a connu un vif succès chez les Japonais surtout. Pourtant, je les ai longtemps soupçonnés de ne pas mettre de film dans leur appareil. De ne même pas regarder les photos à leur retour de voyage. Comment feraient-ils pour distinguer les photos de celui-ci aux photos de celui-là puisque tout le monde fait la même photo devant la même tour Eiffel prise sous le même angle avec le même sourire et peut-être le même costume. Et sur les photos, ils portent tous leur caméra en bandoulière. Un peuple de photographes souriants. Un pareil comportement doit cacher quelque chose. Peut-être qu'ils stockent les photos pour qu'on puisse avoir une idée plus tard de notre manière de vivre au début du XXIᵉ siècle. Ce seraient des informations pas trop diversifiées car ces milliards de photos prises par les Japonais ne montrent que des Japonais en train de sourire. Si on tombe, un jour, sur ces montagnes de photos, on risque d'avoir l'impression que la Terre n'était peuplée, à l'époque, que de Japonais. Il n'y a pas un seul monument digne de mention, sur cette planète, qui n'ait pas été colonisé par eux. C'est une conquête mondiale. Le regard universel. Alors pour devenir un écrivain japonais, je dois vite me procurer un appareil photo. Je préfère encore ma machine à écrire. Au fond, c'est la même chose. On décrit tout ce qu'on voit. Je voudrais être non pas un photographe, mais simplement un appareil photo froid et objectif. Juste regarder l'autre. Est-ce possible ?

Peau douce

En effet, deux jours plus tard, un type m'a appelé de New York pour fouiller de fond en comble dans ma mémoire. Il voulait surtout savoir d'où m'était venue une pareille idée. Haruki (Murakami, c'est son nom) m'a confié que son père était de la Louisiane, un soldat noir de la base américaine de Tokyo qu'il n'a malheureusement pas connu. Sa mère travaillait dans un grand magasin de sport du centre-ville quand ils se sont rencontrés. Il voulait un ballon de basket. Elle le suivait partout dans le magasin à cause de son odeur. L'odeur des Noirs la rendait dingue. Des épices qui l'enivraient. Elle pouvait passer des heures, la tête sous ses aisselles. Mais, lui, ça l'énervait. Ce n'était pas un homme violent, mais il pouvait être irritable.

— On parle beaucoup de la voix, du regard, mais rarement de l'odeur... C'est pourtant assez important chez les animaux.

— J'ai fréquenté des Noirs juste pour comprendre cette obsession de ma mère. Et pourtant, ce qui me touche c'est la peau... Il y a des peaux qui sont d'une telle douceur... On dirait une peau de souris. Quand je rencontre un homme comme ça, je fonds littéralement.

— Un homme ou un Noir ?

— Je ne regarde pas d'autres hommes.

— Vous cherchez votre père.

— C'est ce que dit ma mère, et elle croit que c'est ça qui m'a rendu homosexuel… Mais moi, je sais ce qui m'a rendu homosexuel : c'est un type de Harlem, un tueur psychopathe, qui avait une peau de bébé. J'étais seul à le savoir. Je pouvais passer des heures à le caresser dans la pénombre de cette maison abandonnée où on se cachait. Il était poursuivi à la fois par les bandits et les policiers. Il se méfiait de tout le monde, sauf de sa mère et de moi. Il disait que j'étais sa petite femme. Pour bander, il fallait qu'il se fâche.

— Contre vous ?

— Pas forcément… Il entrait alors dans une rage folle contre qui que ce soit, et il me défonçait. J'adorais ça. Il avait toujours son revolver à la main, et me menaçait de me faire sauter la cervelle. Je m'en foutais du moment qu'il me baisait. C'est simple, j'étais amoureux de lui.

— Il aurait pu vous tuer.

— C'est lui qui a été tué… Et quand on l'a tué j'étais à Harlem, chez un ami. Cela faisait une semaine que je ne l'avais pas vu. Sa douceur me manquait. C'est drôle, ce type qui était la violence même, je ne me souviens que de la douceur de sa peau. On ne peut pas avoir une peau si douce sans être doux ailleurs. Je peux vous dire que ce n'était pas toujours facile… (Soupir) J'ai entendu un coup de feu, ce soir-là. C'est la musique de Harlem. C'est ce qui rythmait la vie – on m'a dit que ça a changé depuis. Je l'ai su tout de suite. J'ai dit à mon ami : cette balle est pour Malcolm. Et lui m'a engueulé, pour lui j'étais gravement atteint si je commençais à savoir qui on tue la nuit à Harlem.

147

Je devrais voir un psychologue et tout. J'ai éclaté en sanglots, et je suis parti. Je savais où il se tenait, j'y suis allé, et je l'ai trouvé dans son sang. Malcolm est mort comme un chien. Je l'ai nettoyé, et j'ai appelé son père. Je me suis caché pour l'attendre, et je suis parti quand je l'ai vu arriver. J'ai erré pendant des jours et des nuits dans Harlem. Je voulais me faire tuer aussi. J'ai tout fait mais la mort n'a pas voulu de moi… Mais pourquoi je vous raconte tout ça ?

— Parce que vous ne me voyez pas.

— Je n'arrive pas à aller voir un psychologue.

— Et pourquoi ?

— Je suis un fan de Woody Allen, d'ailleurs mes amis m'appellent ainsi en japonais. On a le même physique. Il a un corps de Japonais. Faites l'expérience : vous enlevez sa tête et vous mettez la tête d'un Japonais à la place, et vous aurez un cinéaste japonais.

— J'aimerais vous poser une question.

— Bien sûr, sinon j'ai l'air de parler tout seul.

— Votre père est noir, votre mère japonaise, et vous n'êtes attiré que par les hommes noirs…

— Pas de la même manière que ma mère. Ma mère c'est l'odorat, et moi, le toucher. Tout est concentré au bout de mes doigts. L'histoire de ma vie est une affaire d'électricité. Si le courant ne passe pas, rien à faire, mais s'il passe je suis perdu. La peau noire dans la pénombre est un avant-goût de l'enfer. Elle brille plus que toutes les autres… Il y a des choses qui brûlent plus que le feu.

— Mais vous n'avez jamais pensé que vous étiez un Noir ?

— Jamais.

— Après tout votre père est noir.

— Ouimaisjesuismamèrepasmonpèrejeveuxdireje
suisunefemmepasunhomme.

Il a dit ça en un seul mot, sans prendre le temps de
respirer. J'ai entendu un bref sanglot. Et il a raccroché
doucement.

Kamikaze

Est-ce une forme de suicide ou un acte de guerre ? L'idée d'accepter de mourir si on veut tuer le plus grand nombre possible d'ennemis. Ça faisait un moment qu'on l'avait perdue de vue cette idée assez simple mais efficace. Le corps comme arme de guerre. C'est impressionnant tout de même cette distance avec la mort. Des types qui annoncent leur mort, et ne se dérobent pas. Alors qu'en Occident on cherche constamment une porte cochère pour s'échapper. Prêt à ramper aux pieds de la mort pour qu'elle nous épargne. Cette idée d'une dernière chance reste inscrite dans nos gènes occidentaux, et pousse les scénaristes d'Hollywood à d'étranges acrobaties pour sortir James Bond d'impasses invraisemblables. C'est notre certitude que James Bond ne mourra jamais qui lui donne une telle importance dans notre paysage intérieur. Et voilà que là-bas, les héros, ce sont ceux qui veulent précisément mourir. La volonté de mourir. J'avais connu cet étonnement vers l'âge de douze ans quand je dévorais la nuit des récits sur la Seconde Guerre mondiale. Les kamikazes ne cherchaient pas à sauter de l'avion à la dernière seconde, comme Bond et ses dérivés. C'était la première fois qu'on me parlait de la mort de cette manière. À part dans le vaudou.

Mais dans le vaudou, la mort avait souvent un aspect sexuel. Là, c'était la mort héroïque. La mort pure. L'être moderne c'est le tué. Qui veut sa place ? C'est le problème depuis un moment entre l'Orient et l'Occident. Le choc de deux visions de la mort. L'un voudrait s'approcher le plus près de la mort sans mourir pour autant. L'autre suit aveuglément la ligne droite qui mène à l'explosion. Mais il n'entend pas sauter seul. Sa mort sert à donner la mort. Et la surprise est partout. Boum ! Le corps déchiqueté. Voilà. Le corps mort, en Occident, est sacré, et cela bien avant que Marie ait recueilli, avec tant de douceur, celui de son fils bien-aimé. Le corps est d'abord réclamé avant d'être embaumé, parfumé. Il est ensuite mis dans une boîte pour être enfoui sous terre. Toutes les précautions sont prises afin de retarder sa décomposition. Le cimetière, lui-même, est protégé. On a érigé la profanation des cadavres au même titre que l'inceste – un tabou majeur. Le mort occupe un quart de nos têtes. Et la mort presque tout le reste. Il reste si peu d'espace à vivre. Le temps d'un boum. Le corps déchiqueté, méconnaissable. Plus de cérémonie des adieux. Tout se passe au moment de l'explosion. Quand on meurt d'un arrêt cardiaque, c'est le cœur qui entraîne le reste dans sa mort. Alors qu'au moment boum, tout s'en va en même temps. Le corps au complet meurt au moment de la mort. À cause des progrès stupéfiants de la médecine, le cerveau s'éteint quand certaines parties du corps sont encore en pleine forme. S'il n'y avait cette petite panne d'électricité du cerveau, il y en a qui iraient au cimetière à pied.

Un éditeur à Stockholm

Je dors mal ces temps-ci. C'est pas facile de rester
là devant sa machine à écrire à ne rien faire tout en
sachant qu'il y a quelqu'un de l'autre côté de l'océan
qui vit les mêmes affres que vous. C'est mon éditeur.
Lui, il ne peut pas écrire le livre à ma place. Il voudrait bien parfois. Cela lui aurait évité un ulcère. Il
ne peut qu'attendre. J'avais vu un film de Kurosawa
qui expliquait très bien la fonction de l'éditeur. C'est
le Shogun qui ne doit pas bouger durant la bataille.
Les flèches sifflent près de ses oreilles, mais lui ne
dit rien, ne fait rien. Juste rester assis. Impassible. Il
tient ainsi l'issue de la bataille de l'écriture dans sa
puissante immobilité. Je sens surtout la présence de
mon éditeur quand il ne se manifeste pas.

— Allô !

— C'est votre éditeur.

— Justement, je pensais à vous.

— Je suis à Stockholm pour un colloque sur Andersen.

— Mais il est danois.

— Les Danois détestent Andersen qui les a fait
passer pour des monstres capables de laisser mourir
une petite fille dans le froid ! Je ne sais pas comment
je me suis fourré dans cette histoire. Même enfant, je

détestais Andersen. Mes pires cauchemars dans la vie viennent de la lecture de *La Petite Fille aux allumettes*. Si je fais ce métier aujourd'hui, c'est à cause de cette saleté de conte. Ce conte m'a pourri la vie. Je mettrais ma main au feu qu'il n'a pas été écrit par quelqu'un que le sort de cette petite fille a touché, mais par un sadique, un pervers, un salaud, un malade.

— Bon, je fais pour l'arrêter, faut pas trop en mettre, ce n'est qu'un colloque… Arrêtez de vous morfondre dans la chambre, allez prendre un verre quelque part.

— Il n'y a même pas de bar à cet hôtel. Je suis rentré il y a une heure, complètement vanné à cause de cette connasse qui n'arrêtait pas de me bassiner les oreilles avec son Andersen.

— Vous ne leur échapperez pas… Ça ne doit pas manquer dans cet hôtel de spécialistes d'Andersen.

— Pour ça, oui… J'appelle la réception, et je demande à quel étage se trouve le bar. Pas de bar, monsieur. Pourquoi ? Vous pouvez boire dans votre chambre si vous voulez. On peut boire dans sa chambre, mais pas dans un bar. Il me prend pour un alcoolique, lui. On a continué ainsi pendant un moment. Finalement, je me suis jeté tout habillé dans le lit.

Je l'ai rarement vu aussi survolté. Andersen ajouté au fait de ne pas pouvoir prendre un dernier verre assis au fond du bar, dans la pénombre, ça doit le perturber drôlement. Les gens ont leurs habitudes. Pourquoi y aller si on déteste Andersen à ce point ? C'est qu'on peut boire à l'œil, et tirer un coup sans trop de tracas.

— Il doit y avoir un bar dans le coin, j'en suis sûr… Les gens du Nord savent boire.

— Le dernier verre, ça se prend à l'hôtel, tranche-t-il.

— Tout à fait.

— Alors, je dors une bonne demi-heure. Je me réveille pour aller fumer une cigarette à la fenêtre et regarder un peu la ville sinon j'aurais rien vu. Je retourne après au lit avec une pile de manuscrits. Je place deux oreillers derrière mon dos et ma tête, et je m'apprête à passer une nuit blanche. C'est ce que j'aime le plus : lire des manuscrits dans une chambre d'hôtel. C'est pour ça que j'accepte tous ces voyages. J'ai l'impression que ces livres ont été écrits uniquement pour moi. Si je ne les aime pas, ils n'existeront pas.

Décidément, il ne m'épargnera aucun détail. Sa vie est un roman.

— La télé était allumée, et subitement votre visage en gros plan en face de moi...

— Mais qu'est-ce que je foutais à la télé à Stockholm ? Je ne connais même pas cette ville.

— C'est cela la vie moderne, mon vieux. On est connu dans des endroits qu'on ne connaît pas soi-même... C'était un reportage de la télé japonaise. Vous marchiez dans un parc à Montréal. J'avais vraiment l'impression d'halluciner quand j'ai entendu parler de votre roman *Je suis un écrivain japonais*. Avant j'écoutais mollement, mais là j'étais debout près de la télé. C'était quand même ahurissant... Mille idées me traversaient l'esprit. Un petit farceur a trafiqué la télé de l'hôtel pour me jouer un tour. Peut-être même qu'il y a un bar à l'hôtel, et qu'on joue depuis un certain moment avec mes nerfs. Je vous le dis tout de suite, mon problème n'est pas l'alcool, mais le manque d'alcool… Je ne sais pas si vous réalisez ma situation. Les gens ont vu le reportage. Dès demain on va me cribler de questions. Des éditeurs vont vouloir acheter des droits. Qu'est-ce que je leur dis ?

— Si vous essayez de vendre mon livre à une maison d'édition suédoise, je mets une seule condition : pas de titre du genre *Je suis un écrivain suédois*.

— Pourquoi pas ! C'est une excellente idée ! On le fera d'ailleurs pour chaque pays qui voudra le traduire. C'est le truc idéal pour la traduction.

— J'aurai l'air d'un caméléon…

— Mais qu'est-ce que c'est que cette histoire ! Je n'ai même pas encore reçu le livre qu'il est déjà traduit, et en japonais. Je suis l'éditeur ou quoi ?

— Rassurez-vous, je ne l'ai pas encore écrit non plus. Ces Japonais peuvent faire un reportage sur un livre qui n'est pas encore écrit. C'est ce qui leur donne cette avance sur nous. On fait pitié avec nos livres écrits, publiés, commentés et peu lus – trop d'étapes.

— Je veux le manuscrit dans deux semaines… Je veux rattraper les Japonais.

— Deux semaines !

— Bon, je descends prendre un verre au coin de la rue… Et à mon retour, j'espère le trouver sur mon lit. Si vous êtes capable de faire ça, je me débrouille pour vous avoir le Nobel.

— Juste un verre me suffirait.

Le cannibale dans sa ville natale

On frappe à la porte. Je ne bouge pas du lit. C'est mon espace sur cette planète, et j'y tiens. Je suis couché sur le dos à regarder les zébrures du plafond. Le type du dessus doit pisser directement sur le plancher. Je me prépare à un long voyage qui peut durer des heures ou des jours. J'ai des périodes comme ça. Mes yeux restent ouverts, j'entends tout, mais je ne suis pas là. Je voyage ainsi à une vitesse fulgurante. J'enjambe les siècles à toute allure. Et je le fais sans aucun produit chimique. Je connaissais un type qui pouvait faire descendre la lune dans une soucoupe blanche. C'est lui qui m'a appris à voyager dans le temps. C'est plus technique que magique. Je suis à la fois la fusée et le voyageur. Un voyage non pas dans l'espace, mais dans le temps. Le temps est plus vaste que l'espace. On frappe toujours à la porte. J'entends tout distinctement, mais mes membres ne m'obéissent plus. Je dois avoir les traits tout déformés. Rester un moment immobile. Le temps de reprendre forme humaine. Le voyageur est de retour. Je vais à la salle de bains à quatre pattes. L'eau me redonne vie en éteignant les dernières flammèches. Je ne me rendais pas compte à quel point la vitesse avait fait évaporer toute l'eau de mon corps. On frappe toujours. Cette fois j'y vais.

J'ouvre la porte. Midori, devant moi. Elle a un léger recul. Je me demande à quoi je ressemble dans ces moments-là.

— Excuse-moi d'avoir insisté… J'entendais des voix, mais je ne comprenais pas ce qui se passait. J'entendais une conversation dans une langue que j'ignorais… Je me disais que vous étiez en compagnie, mais les voix étaient comme étouffées.

Je ne savais pas que je parlais, ni que je n'étais pas seul. Je pensais être un voyageur solitaire.

— Mais entre donc.

D'ordinaire, je ne laisse personne entrer ici. Midori jette un rapide regard autour d'elle, et me fait un sourire.

— C'est comme ça que je t'imaginais dans ton repaire.

Il n'y a que l'essentiel dans cette chambre. Un lit, une fenêtre, une petite table sur laquelle trône ma vieille Remington 22, et une pile de bouquins par terre. Je me retourne vers Midori. Toujours Midori. Aussi sobre que ma chambre. Elle est là avec son appareil photo, mais je sais aussi qu'elle est en même temps ailleurs. C'est pas qu'elle ne soit pas présente – brûlante d'intensité. Sauf que je sais qu'elle est ailleurs avec la même force, dans la vie de beaucoup de gens. Peut-être qu'elle est à cette minute en train de converser avec une amie à Manhattan ou qu'elle court dans un parc à Berlin avec un chien. Midori a le don d'ubiquité, et ce n'est pas une façon de parler.

— Il fait chaud ici… Tu ne veux pas ouvrir la fenêtre ?

Je ne l'avais pas rouverte depuis le saut de Noriko. J'ouvre pour Midori. Un flot de lumière entre dans la

pièce. Midori rayonne dans une minuscule robe noire
– sa façon de porter le deuil. Les photographes ont un
rapport intime avec la lumière. Et donc avec l'ombre.

— J'aime ta chambre.

— Je dors, j'écris et je lis ici.

— Tu es parti un peu vite la dernière fois, dit-elle
en se penchant sur la margelle de la fenêtre.

— Je n'aime pas traîner.

— Takashi m'a initiée à la photo… Je peux faire
quelques clichés ?

— Aucun problème.

Elle photographie la chambre sous tous les angles
pour finalement s'arrêter, un peu essoufflée.

— Tu ne poses pas de questions, toi ?

— Pour quoi faire ?

— Tu ne me demandes même pas ce que je fais
ici ?

— Tu es là.

Je sais pourquoi elle est là, et j'essaie d'éviter le
sujet.

— J'ai eu un coup de téléphone de Jûrô Kara… Tu
ne le connais pas ?

— Midori, je ne connais personne dans cette ville.

— Il ne vit pas ici.

— Ni ailleurs non plus.

— Bon.

— Je préfère mettre les choses au point pour qu'on
ne perde pas trop de temps en futilités.

Je suis à bout de nerfs.

— Jûrô Kara avait fait ce livre fascinant : *La Lettre
de Sagawa*… Ça ne te dit rien ? C'est l'histoire d'un
Japonais qui a mangé une étudiante hollandaise à
Paris. Une histoire vraie. Le type vit maintenant

à Tokyo. Il a été en prison en France. Quand il est
retourné à Tokyo, on l'a accueilli en héros. C'est pour
cela que je n'irai jamais vivre dans un pays pareil, ça
me dégoûte…

— Les Japonais sont assez audacieux en gastronomie. Ils n'ont pas peur de prendre des risques. Ils
ont dû apprécier la tentative du type à renouveler le
genre.

— J'ai toujours eu envie de travailler avec Kara. Il
m'a appelée il y a quelque temps. J'étais vraiment exci-
tée. Puis, silence pendant deux mois. Hier, son agent
m'a rappelée pour me demander si je te connaissais.
J'ai dit oui. Il m'a dit que Kara voudrait que j'aille te
photographier chez toi. Quel genre ? je demande. On
me répond que Kara ne donne jamais de directives,
mais qu'il avait besoin tout de suite des photos. Je ne
sais pas ce qu'il veut…

— C'est toi qu'il veut.

— Moi ?

— Pas forcément sur un plan sexuel. Plus que ça.
C'est la même chose pour la littérature. L'éditeur ne
veut pas quelque chose en particulier, il te veut.

— J'ai envie de faire un livre avec mes photos.
J'aimerais que tu écrives le texte.

— Je ne connais pas assez ton univers.

— Je crois au contraire que tu le connais bien…
Takashi dit que tu n'as même pas besoin d'un appareil pour faire des photos. Tu as le déclic dans la tête.
Venant de Takashi, c'est un grand compliment. Je t'ai
vu faire aussi. J'aime ta façon d'observer. Tu étais à
l'appartement, tu as vu les filles, tu as assisté à des
fêtes, tu connais mon zoo…

— Je ne raconte pas la vie des autres.

— Tu regarderas les photos et tu écriras ce que tu veux.

— Je n'aime pas regarder ce qui ne bouge pas.

— C'est précisément ce qui m'intéresse : le regard de celui qui déteste regarder. On en reparlera, si tu veux bien.

Midori arpente un moment la chambre avant de s'enfermer dans la salle de bains. Cocaïne. Elle va tourner dans cette chambre comme une dingue pendant des heures en me mitraillant. Je l'ai déjà vue faire lors d'une fête chez elle. Elle sort des toilettes, les yeux brillants, les narines ouvertes. On dirait qu'elle vient de baiser.

— Je peux faire quelques photos pendant qu'on se parle ?

Elle me photographie comme si j'étais un objet ou un insecte.

— J'ai tout de suite appelé une copine très branchée dans le milieu théâtral de Tokyo. Elle est au courant de tout ce qui me concerne. Elle connaît mes délires. On s'est connues à Vancouver. Après, on s'est revues à New York, à Columbia où j'ai suivi un cours de théâtre et elle de critique théâtrale, et c'est là que ça a cliqué entre nous. Elle m'a dit qu'en effet Kara semblait très intéressé par cette histoire d'un Noir, à Montréal, qui se prend pour un écrivain japonais, et qu'il a suivi l'affaire dans un magazine où on te comparait, semble-t-il, je ne veux pas dire de bêtise, au personnage de Kafka qui s'était métamorphosé à son réveil. Moi, je ne savais rien de tout ça... J'étais abasourdie. Je lui ai dit que ce type avait vécu chez moi et je ne savais rien de tout ça… J'avais l'air d'une conne ! Pourquoi tu ne m'en as jamais parlé ?

— Mais, Midori, il n'y a rien à savoir… C'est un malentendu. J'ai simplement dit que j'allais écrire un livre. On m'a demandé c'est quoi le titre, et je l'ai dit, c'est tout.

— C'est quoi le titre ?

— « Je suis un écrivain japonais », mais c'est simplement un titre.

— Oh là là ! on ne peut pas tomber plus pile… Ils sont en ce moment là-bas dans un gros débat sur l'identité, et toi, mine de rien, tu arrives avec un livre pareil.

— Il n'y a pas de livre, c'est ce que je dis partout.

— Oh, calme-toi… C'est que là-bas, ils sont vraiment là-dessus… Complètement obsédés par la question identitaire.

— Moi, je n'en ai rien à foutre de l'identité.

— Tu dis ça, et tu écris un livre avec un pareil titre… Qu'est-ce que tu veux dire ?

— Je l'ai fait pour sortir précisément de ça, pour montrer qu'il n'y a pas de frontières… J'en avais marre des nationalismes culturels. Qui peut m'empêcher d'être un écrivain japonais ? Personne.

— Justement, c'est là que le débat est devenu intéressant. Il paraît qu'un avocat de Tokyo a déclaré qu'on pouvait empêcher la sortie de ton livre.

— Midori, regarde-moi, regarde-moi dans les yeux : il n'y a pas de livre.

— Je te dis ce qui se discute au Japon, et toi, tu me parles de tes trucs à Montréal. Moi, j'ai besoin de travailler. J'ai un contrat de photos, après on ne sait pas, peut-être que je ferai quelque chose dans le film… Je pourrais chanter. Pour une Américaine ou même une Française, c'est facile de se faire un nom au Japon, mais si tu es une Japonaise qui vit à l'étranger, c'est foutu.

— Oui, mais tu viens de me dire que ça ne t'intéresse pas d'aller vivre au Japon.

— Pas si c'est Kara qui m'appelle, et pour un projet ponctuel. La dernière, m'a dit ma copine, c'est cet avocat qui est allé dire à la télé que le mot « japonais » appartient à l'État japonais qui ne l'accorde qu'à ses citoyens légitimes. Tout le monde ne peut pas devenir japonais à volonté… Et l'autre avocat qui a voulu faire le malin, c'était dans un débat à la télé avec des avocats, en demandant si « un tueur en série d'un autre pays peut publier un livre avec ce titre par exemple : *Je suis un tueur en série japonais*. Cela aurait sali la réputation du Japon. C'est cette émission dans une télé très populaire qui a provoqué une montée de lait de la droite japonaise.

— La droite japonaise… l'adjectif n'est pas de trop ?

— Si tu vas là-bas, fais gaffe, ils n'ont pas beaucoup d'humour sur cette question… Quelques éditeurs nationalistes, qui publient surtout des romans de la terre, ont signé un manifeste dernièrement pour protester contre, non seulement, la sortie de ton livre au Japon, mais n'importe où dans le monde.

— Mais ils sont fous !

— Le plus drôle, c'est qu'un important critique du plus grand quotidien du Japon voit un risque pour la réputation de la littérature japonaise si ton livre se révèle mauvais. Avec ce titre, c'est comme si cet écrivain était devenu, je le cite, « l'écrivain japonais par excellence ». Les étrangers risqueraient de fuir la littérature japonaise s'ils n'ont pas aimé le livre.

— Je n'ai pas dit : « Je suis l'écrivain japonais. » J'ai écrit : « Je suis un écrivain japonais. » Ça peut être un mauvais, ça peut être un bon.

— On voit que tu ne connais pas la sensibilité nationaliste des Japonais. En plus, un Noir… Mais c'est ça qui a intéressé Kara. Et me voilà.

— Tu sais que le livre n'est pas encore écrit.

— Son impact est là… Peut-être que les gens seront déçus si tu l'écrivais.

— Oui, mais je m'en fous de leurs états d'âme… Pourquoi ce type veut-il des photos ?

— Kara ne veut pas de contact avec toi… Il fantasme sur cette histoire. À la fin, il peut faire de toi un samouraï du XVIIIe siècle. Il fait ce qu'il veut. C'est un artiste. Mon amie m'a dit qu'elle l'a souvent vu ces jours-ci, elle le connaît bien, et qu'il ne parle que de ça. Il appelle tout le monde à deux heures du matin pour en discuter. Il voit surtout un lien avec ce type qui avait mangé la jeune Hollandaise. Pour lui, c'est de l'ordre de la métamorphose. Cela n'a rien à voir avec le sexe ou le cannibalisme. Le mangeur a voulu être autre chose – un autre genre. Et toi, tu veux être autre chose.

— Peut-être que le Japon veut lui aussi être autre chose…

— Non, le Japon ne veut être que le Japon, et c'est ce qui me désole.

Midori fait quelques photos de plus.

— Ça va… J'ai assez de photos. Je dois filer.

Elle n'a pas dit un mot à propos de Noriko.

Une jolie vue sur le fleuve

J'ai quitté la chambre depuis qu'un touriste japonais, avec un magazine à la main et une caméra en bandoulière, a frappé à ma porte.

— Bonjour, a-t-il fait avec un large sourire.

— Vous désirez ?

— Êtes-vous l'écrivain japonais ?

— Non, dis-je en refermant du même coup la porte.

J'ai collé mon oreille contre la porte. Aucun bruit de pas. Je suis allé à la salle de bains, et j'ai déplacé un carreau. Comme ça, je peux voir ce qu'il se passe dans le couloir. Une longue queue de Japonais attendant placidement. Je laisse l'argent du loyer sur la table. J'imagine Zorba passant la nuit à frapper à ma porte, pour l'ouvrir en maugréant au petit matin et découvrir la penderie vide et l'argent sur la table. J'ai fait ma valise, et je suis passé par l'escalier de secours. Je longe la ruelle où les enfants sont en train de courir comme des malades. Les mères surveillent mollement tout en étendant leur linge, car elles savent que c'est assez rare qu'une voiture passe. À part les voitures de police qui se planquent parfois là. Une araignée fait semblant de dormir, en attendant patiemment sa proie. Je me suis arrêté à temps. J'ai reconnu la

165

cicatrice sur le bras gauche du policier qui m'a visité dernièrement. Que fait-il là ? Pourquoi juste sous ma chambre ? Je ne bouge pas, retenant mon souffle. Il boit calmement du café. Donc, il sait que je suis là. L'autre descend pour s'étirer les jambes. Ils sont du même âge – même visage dur. Attendent-ils la nuit pour monter ? Je connais la suite. Ils m'emmènent dans un endroit considéré comme dangereux pour la police. Ils me violent avant de me matraquer. S'il arrive un accident (ils sont assez expérimentés pour que cela n'arrive pas) ils mettront ça sur le dos d'un règlement de comptes entre deux bandes rivales. Le journaliste des faits divers n'écrit que ce que dit le policier, sinon il n'a plus de scoops. Et un journaliste de faits divers sans scoops ne vaut pas mieux qu'un mafioso en cavale sans fric.

J'entends vivre cette fois comme Basho. Sous un bananier. Mais l'hiver est trop rigoureux. Je dors ici et là. Parfois devant la bouche d'aération d'un building du centre-ville – un vent chaud dans le dos. D'autres fois dans le métro. Si on ne dort pas deux fois de suite à la même station de métro, on arrive à ne pas se faire remarquer. La police surveille mollement. Parfois, je passe la nuit au Terminus Voyageurs d'où les autocars partent pour les grandes villes d'Amérique du Nord. On n'a qu'à dire qu'on va à Chicago ou New York pour qu'on vous laisse tranquille. Attention à l'odeur, cela vous fait localiser de loin. Les policiers font leur tour de garde à la petite gare (la gare centrale est au centre-ville et ce n'est pas recommandé) reniflant les gens afin de repérer l'odeur de la pauvreté. Ici, la race ne joue pas tellement (on est tous de la même race des perdants), c'est l'odeur qui fait la différence.

Et ce n'est pas facile de la faire partir cette odeur, croyez-moi. On va prendre une douche au Centre Saint-Vincent-de-Paul. On se savonne jusqu'à ce que l'odeur disparaisse. On met une chemise propre. Tout va bien jusqu'à ce qu'on recommence à suer. Mon truc : je remplace cette odeur identifiable de pauvreté par une autre. Je vais m'asseoir devant le restaurant Da Giovanni jusqu'à ce que l'odeur de spaghetti s'imprègne en moi. Je veux changer d'odeur.

C'est facile de manger dans une grande ville, il suffit de suivre le premier type qui marche tête baissée vers le sud. Partout le sud est toujours plus misérable que le nord. Cet homme m'a amené jusqu'au quai. Il s'est assis en face à regarder les bateaux. C'est un truc d'enfant. Le clapotis de l'eau. Quelques oiseaux blancs à qui il lance des grains. Je suis resté en étant sûr que ce n'était pas sa dernière station. Après avoir fixé l'horizon tout son saoul, il s'est levé, s'est remis tous les vieux os en place avant de reprendre la route. Je ne le lâchai pas d'une semelle. On a tous un itinéraire dans une ville. Le sien, c'est aussi le mien. La différence c'est que j'ai choisi mon sort. Lui, le subit. On le voit à ses épaules affaissées. Il s'arrête un moment, se retourne comme s'il se sentait brusquement suivi, avant de franchir la porte. Je le suis pour déboucher sur une vaste pièce où tous les éclopés de la ville semblent s'être donné rendez-vous. Ça sent la soupe aux légumes. Ça ne sent pas mauvais, ça sent la misère. Une odeur de toile mouillée et de fruits pourris. Une odeur sucrée. On est dans les intestins de la ville. Quelqu'un me fait signe d'avancer. Je n'avais pas remarqué que j'étais déjà dans le rang. Il n'y a qu'une file, et un seul menu. Une religieuse s'agite

167

pour que l'on se sente chez soi. Tout s'arrête. Un homme voudrait deux portions. Pas possible, dit la religieuse avec un sourire triste. C'est qu'il est difficile de savoir combien de personnes viendront. Il y a les habitués, mais aussi tous ceux qui, comme moi, suivent un misérable ignorant qu'il fait partie du club des épaules affaissées. Mon bol de soupe. Je vais m'asseoir dans un coin près de cette fenêtre, avec une jolie vue sur le fleuve. Deux ou trois personnes pouffent de rire. Toujours dangereux quand les pauvres rient. Je vois une ombre sur le sol qui s'étire devant mes chaussures. Je lève la tête pour découvrir la reproduction exacte de cet Indien qu'on voit dans *Vol au-dessus d'un nid de coucou*. Il n'a pas eu à me parler que j'avais compris. J'ai cherché l'endroit le plus inconfortable et je suis allé me placer. J'étais à la moitié de ma soupe quand un homme s'est agenouillé devant moi. Que veut-il ? Mon âme sûrement. C'est la seule chose sur moi qui soit à vendre. Il me prend les mesures, et m'assure que la prochaine fois il m'apportera une paire de bottes pour passer l'hiver prochain au chaud. La sœur m'a dit après qu'il fait ça depuis vingt ans. On ne connaît pas son nom. Je n'ai pas peur de lui, mais de celui pour qui il travaille. Que veut-il de moi ?

J'ai rencontré François près du petit marché aux fruits et légumes où j'achetais, il n'y a pas longtemps, mon saumon. Nous nous étions perdus de vue. On a fait à peu près tout, pas forcément ensemble, mais au même moment. Quand il fallait s'exprimer publiquement, vers la vingtaine, on l'a fait, lui à la radio, moi dans un hebdomadaire culturel. Et quand c'était devenu trop dangereux, on a quitté le pays ensemble. Arrivés à Montréal, on a refusé de vivre dans un ghetto. On a aimé Malraux, et on s'en est lassés en même temps. On a fait tant de choses de la même manière, et cela sans même se consulter. À un moment donné, on a pris des chemins différents. C'est la vie. J'avais parfois de ses nouvelles par des connaissances communes. J'imagine qu'on lui donnait des miennes. Puis le temps a fait son travail. Son image s'est effacée doucement de ma mémoire. Et voilà que la vie nous remet de nouveau face à face. Je n'ose imaginer le réseau complexe de croisements qu'il a fallu pour rendre possibles ces retrouvailles. Car il m'a tout de suite dit que ce n'était pas son coin, qu'il n'est jamais venu dans ce marché, qu'il ne s'y est arrêté que parce qu'il avait oublié de prendre du saumon chez son poissonnier habituel. Il a tout de suite compris la situation, je l'ai vu dans ses yeux, en remarquant qu'il manquait deux boutons à mon veston. Et il a dû repérer aussi cette tache de sauce de spaghetti sur ma chemise. Il a bien vu que j'étais dans une mauvaise passe, mais il ne peut savoir que c'est ce que je veux. Son accolade était virile et sa chaleur sincère, je l'ai toujours connu ainsi. Avec cette force de surface. Bien sûr qu'il s'est évertué à ne pas renifler cette odeur de soupe aux légumes collée à ma peau : le parfum du pauvre. J'ai fait pareil pour son effluve de comptable agréé. Notre odeur dit bien notre circuit. Je m'approvisionne ces jours-ci dans le quartier chinois, dans la ruelle qui passe derrière les épiceries. Le mardi et le samedi, c'est jour de poubelles. Malgré cette chute, je compte encore pour lui, étant le seul capable d'apprécier son ascension. Je l'ai connu avant qu'il ne mette le pied sur la première barre. Il n'allait pas me laisser partir sans me raconter son combat étape par étape. Et il ne se contentera pas d'un simple récit, il me faudrait toucher de la main chaque trace, chaque signe, chaque objet qui témoigne de son escalade sociale. À quoi bon lui dire que j'ai passé mon temps à gribouiller des nouvelles que je m'empressais de déchirer après lecture, pas parce que c'était mauvais, mais parce que c'était pour moi que je les écrivais. J'étais à la fois l'écrivain et le lecteur. Autonomie totale. J'aurais continué ainsi si je n'en avais pas eu marre de bosser à l'usine. J'ai arrêté de travailler, et je voulais continuer à écrire. J'ai trouvé l'astuce d'avoir un éditeur. Un éditeur, m'a-t-on dit, vous donne de l'argent dans l'espoir d'avoir un livre au bout de la ligne. Parfait marché pour moi. J'ai donc négocié un livre que je n'ai pas écrit, que je sais que je n'écrirai pas, et dont je n'ai, pour toute preuve, que le titre. On m'a donné 5 000 euros à la signature du contrat. J'ai à peine vu la couleur de cet argent à cause de mes nombreuses dettes contractées au fil des années. On m'a promis le reste, un autre 5 000 euros, à la remise du manuscrit. Autant dire que j'ai fait 5 000 euros à l'œil. Entre-temps, je suis devenu cinéaste et j'ai fait un petit film sur un groupe de jeunes Japonaises, un petit film dont le plus expérimental des festivals ne voudrait pas. On veut tous des récits bien ficelés. Je m'ennuie trop vite pour commencer une histoire et la terminer. Dès que je vois venir la fin, je passe à autre chose. J'écris tant que je n'ai pas faim. Le goût de manger me fait achever abruptement mes nouvelles. Peut-être que j'arriverai à avoir quelque chose de Midori. Je ne sais pas combien elle voudra allonger pour son livre de photos. Je peux écrire ça en un week-end. Je lui ferai croire que ça me prendra des mois. J'ai remarqué que les gens se vexent quand on l'a trop facilement. La seule morale qu'ils connaissent c'est la sueur. Peut-être que ce n'est pas le genre d'histoire à raconter à un ami le premier soir. Je lui fais confiance pour servir une meilleure fable.

On est passés à ce bar où il prend un verre une fois ou deux par semaine avec des collègues afin que je constate sa place dans son milieu. François aime ce qui est concret. Je me souviens qu'il adorait mimer les anecdotes qu'il me rapportait, et si ça se passait dans une discothèque il se mettait à danser. Je lui faisais comprendre en vain qu'avec des mots on pouvait arriver au même résultat. Il souriait dans ce cas-là en me donnant une légère gifle : « On voit que t'es un écrivain. » Je n'avais pas écrit une seule ligne à l'époque.

Et quand j'ai écrit mon premier récit, après l'avoir lu, il m'a dit presque en colère : « Tu veux le Nobel ? C'est ça que tu veux ! » Là, maintenant, on l'accueille à grands cris dans son groupe d'amis, une façon de parler car François n'a qu'un ami et c'est moi. Des tapes dans le dos. Il me présente, on me salue vaguement, mais il insiste pour qu'on m'accueille avec plus de respect : « Écoutez, les gars, c'est de lui que je vous parle sans cesse. Posez-lui n'importe quelle question sur ce qui se passe dans le monde, il a réponse à tout. » On a attendu un moment ; aucune question n'est venue. Une sorte de gêne s'est installée. Puis le murmure marchand a repris (des comptables). Un chalet dans les Laurentides, la nouvelle voiture que BMW vient de sortir, les pronostics pour le match de hockey de ce soir. Toujours le prix des choses. Après cinq minutes, j'avais le vertige. J'ai quand même remarqué que c'était lui le prince. Les serveuses s'occupent de lui en priorité. Et quand il rit d'une blague, les rires augmentent tout de suite en intensité. Bon, on ne va pas prendre racine ici. On salue, et on s'en va. Gros pourboires en passant. Je n'ai même pas regardé la facture. C'est des chiffres qui ne me concernent pas. Il m'emmène chez lui. On prend l'autoroute. Il veut me faire une surprise, cherche longtemps dans la boîte à gants et finit par trouver un CD des Skah Shah, le groupe de notre adolescence. Il danse tout en conduisant – et la voiture aussi. C'était son truc aussi la danse. Moi, pas. Il disait invariablement : « Oui, mais tu sais faire danser les mots. » On arrive. Sa maison au fond de l'impasse, derrière les rosiers – ses collègues doivent en avoir une pareille. Il me présente sèchement sa femme, Shônagon. Dans ma tête François était le genre à se caserner dans son groupe sanguin. On entre au salon. Décor sobre. Il ne marche pas, il glisse. Cognac? Whiskey? Il a aussi du rhum. Il rit. On rit dès qu'il rit. Il a toujours eu le rire contagieux. Il veut tout me donner : sa maison, sa femme, sa voiture. Là aussi, il n'a pas changé. Il a toujours voulu être moi. Même adolescent, il avait ce qu'il voulait : les filles, l'argent, la liberté. Alors que j'étais timide, je ne savais pas danser, et n'avais pas un sou. De plus, ma mère m'interdisait d'aller plus loin que le cinéma Paramount. Pourquoi? Que voyait-il en moi qu'il n'avait pas? Sa femme sourit enfin. Je la vois autrement. Un appel international qu'il attendait. Il va le prendre dans son bureau. Je me retrouve seul avec Shônagon. Un silence gênant. Puis, elle me raconte, sur un ton faible, ce qu'elle vit avec lui. Car François parle constamment de moi. C'est une véritable obsession. J'évite son regard à la fois triste et résigné. Un magnifique Hokusai au mur. Pas un seul tableau haïtien. L'intérieur est complètement asiatique. Dehors, il est québécois. Chez lui, il est japonais. On lui dit partout qu'Haïti est un désastre. Rêve-t-il d'Haïti parfois? Se souvient-il de ce pays? Il revient avec le rhum (Haïti dans une bouteille) au milieu d'un silence. C'est à présent qu'il me parle de sa femme. D'abord les origines. Elle est espagnole par son père et japonaise par sa mère. Elle tient des deux, le feu des Espagnols et la sobriété dans le goût des Japonais, ajoute-t-il sans sourire. Comme si cette chose qui l'avait séduit auparavant ne l'amusait plus aujourd'hui. Métissage intéressant au lit, j'imagine. Des qualités que j'aimerais avoir en écrivant : un style classique nourri par un feu dévastateur. François raconte des histoires de notre enfance tout en buvant. Il se souvient de choses minuscules que ma mémoire n'a pas su stocker. Je l'imagine, le samedi soir, devant une bouteille de rhum, dans un terrible solo. On ne mène pas qu'un seul combat dans la vie. Plus il boit, plus il veut se rappeler le moindre détail de la vie d'avant le voyage. Il semble désespéré d'avoir oublié le titre d'une chanson de Tabou Combo. Et quand j'ai dit, par pur hasard, que c'était *Bébé Paramount*, cela l'a désolé encore plus que ce soit moi, que la musique laisse indifférent, qui me sois rappelé ce titre qu'il cherche dans sa tête depuis des années. Voilà une autre preuve de mon rapport étrange avec lui, de ce qui lui a toujours fait croire que j'étais un génie, digne du Nobel. La seule chanson dont il a oublié le titre, je l'ai eue du premier coup. Ça ne m'arrive qu'avec lui, sinon je ne sais rien dans la vie. Par des regards qu'il échange avec sa femme, j'ai capté ce qu'elle voulait me faire comprendre tout à l'heure, que je suis effectivement le point focal autour duquel tourne son incroyable énergie. Chaque détail qu'il évoque me concerne, comme s'il n'avait fait que m'analyser sa vie durant. Le sourire de Shônagon (sa dernière propriété) se raréfie au fur et à mesure que j'assiste, en témoin impuissant, au film de ma vie. La vie d'avant Shônagon. Chaque fois que j'interviens pour raconter une anecdote à propos de lui, il me coupe la parole pour m'accabler de compliments. J'avais l'impression de lui appartenir. Avec sa mémoire prodigieuse et si généreuse, il s'était accaparé ma vie. J'étais dépossédé de moi-même. Méfiez-vous de ceux qui vous aiment.

Le moment magique

À un moment donné, il me fit venir dans son bureau où j'ai vu des photos de nous deux dans différents endroits de Port-au-Prince. Devant le ciné Rex, à côté d'un marchand de glaces, en train de jouer au foot sur la grande place du Champ-de-Mars, en uniforme d'écolier en face du lycée des Jeunes Filles. Je n'ai conservé aucune photo de cette période. J'avais oublié que François était passionné de photographie, qu'il avait même suivi des cours par correspondance. Il m'a montré une petite photo assez floue qu'on avait prise en compagnie de touristes japonais. Des Japonais en Haïti, je ne me les rappelle pas. Rien de mieux qu'une photo pour vous replonger dans une atmosphère. On a deux vies au moins. Une qui s'installe dans notre mémoire comme une pierre au fond de l'eau, et l'autre qui disparaît au fur et mesure qu'elle se déroule comme si c'était vaporeux. Ces touristes étaient en réalité des journalistes d'un grand quotidien de Tokyo qui se faisaient passer pour d'innocents touristes afin de réaliser un reportage sur l'état d'Haïti sous la dictature de Duvalier. Nous étions souvent en compagnie de la jeune interprète, Mlle Murasaki, qui travaillait à l'ambassade du Japon. Ce fut un été très japonais. La rougissante Mlle Murasaki nous invitait régulièrement cocktails de l'ambassade. C'est à ce moment-là que ~ut a commencé, j'imagine, entre elle et François. Je n'ai rien vu, n'étant intéressé à l'époque que par Diderot dont le début de *Jacques le fataliste* me fascinait. Je pouvais le lire tout en marchant. On ne peut pas lire ce livre assis. Cette vitesse m'allait à merveille. J'emmerdais François avec Diderot. Lui trouvait que c'était un paresseux. J'aimais bien l'idée de la paresse. Un écrivain paresseux, ça m'intéressait diablement. Peu de descriptions, mais beaucoup de dialogues. Diderot m'influence toujours. Ça parle dans ses livres. J'aime les livres où l'on voit les gens en train de parler. Je déteste quand le narrateur s'exprime à leur place. Cette manière n'a pas fait long feu, car si les Français adorent converser, ils n'aiment pas donner la parole dans un livre. On n'entend (sauf dans les romans policiers) personne dire bonjour dans un roman français. C'est trop simple, alors on saute cette étape, ce qu'on ne peut pas faire dans la vie. Malheureusement, Mlle Murasaki devait retourner à New York pour étudier le journalisme à l'université Columbia. Cet été-là, on a accompagné les journalistes, un peu partout dans le pays, malgré les tontons-macoutes qui nous collaient aux fesses. On n'en était pas trop conscients, subjugués par Mlle Murasaki qui menait la parade avec grâce. On la suivrait, celle-là, jusque dans une prison de Papa Doc. Les journalistes lui avaient expliqué que des études faites dans une grande université américaine lui permettraient de trouver facilement du travail dans un journal à Tokyo. Sauf si elle préférait travailler à la télé, alors ce serait plus simple de rentrer tout de suite au Japon et de commencer par la météo. La télé c'est beaucoup plus l'image que l'esprit. Mlle Murasaki est devenue aussi rouge qu'une tomate juste à entendre le mot télé. On a compris qu'elle était trop timide pour la petite boîte qui ne fait qu'absorber les énergies humaines pour recracher du vent. François est allé la rejoindre, à New York, après mon départ d'Haïti. C'est François qui raconte à partir de maintenant. On a habité un temps ensemble, mais on était trop différents pour mener une vie de couple. Ça n'avait rien à voir avec le fait qu'elle soit japonaise. Elle voyait les rapports amoureux d'un point de vue comptable. Il fallait chaque semaine faire un bilan amoureux et financier de notre vie commune. Je dépensais, et elle thésaurisait. On a vite compris qu'on ne pouvait vivre ensemble. Comme le désir était encore là, on est restés amants, passant de ma petite chambre à son vaste appartement à Manhattan (ses parents sont dans la banque et la diplomatie). J'ai continué à fréquenter ses amis, tous japonais. Ensuite, j'ai déménagé à Brooklyn où j'ai pu avoir quelque chose de plus grand. On s'est vus de moins en moins, car je passais plus souvent chez moi, vu que j'avais maintenant du soleil dans ma chambre. Cela ne tient pas à grand-chose une relation amoureuse à New York. Le soleil est plus fiable. Juste avant de quitter Manhattan, j'ai rencontré, par hasard sur le campus de Columbia, une cousine de Murasaki qui habitait aussi à Brooklyn. Beaucoup de coïncidences forment une destinée. Eh bien, ça n'a pas marché non plus. Je suis rentré à Montréal, et c'est alors que j'ai croisé Shônagon, à l'université McGill où elle faisait sa maîtrise en comptabilité. Shônagon ne sait pas que j'ai connu deux Japonaises avant elle. Je lui ai fait croire que notre rencontre était due à un hasard et non au sentiment que je suis un chemin tout tracé devant moi. On ne rencontre pas une fille, j'ai remarqué, on rencontre une culture. Et de cette culture on n'en sort pas facilement. Il faut cinq échecs de suite pour rompre avec une culture aussi puissante que le Japon. Dès qu'on a connu une seule Italienne, on ne mangera que des spaghetti toute sa vie. C'est ce qui rend les gens suspicieux dans les rapports interraciaux, se demandant si c'est eux ou leur culture qui intéresse l'autre. Les Noirs s'inquiètent de savoir si on les aime ou si on veut épouser une cause. Les riches, si c'est pour leur argent. C'est pour ça que je n'ai jamais évoqué Shikibu devant Shônagon. Des fois je me dis que ce serait mieux de lui dire la vérité, car j'ai toujours peur de croiser quelqu'un qui m'aurait connu à New York. Peut-être qu'elle ne m'a pas tout dit non plus, à propos de sa vie. Peut-être qu'elle tient un Journal sans que je le sache. C'est kif-kif. On rit. Et c'est avec ce rire qu'on a quitté son bureau. Shônagon était occupée à emballer quelque chose quand nous sommes entrés dans le salon. Elle m'a tendu le paquet bien ficelé que je ne devrais ouvrir qu'arrivé chez moi. Puis François a voulu aller entendre du jazz au « Soleil Levant ». Il connaît bien le proprio, un certain Doudou Boicel. Je lui ai dit nettement dit que je n'avais pas un sou – il m'a souri gentiment. C'était sa soirée. On a vu Dizzy Gillespie. Bon jazz. Ce serait mieux s'il ne faisait pas tant de simagrées. On est allés ensuite prendre un dernier verre sur la rue Saint-Denis, dans l'est de la ville. L'ouest, c'est pour rencontrer les copains. L'est, c'est quand il sort avec sa femme. Il règle sa vie en comptable avec deux colonnes : débit et crédit. Tout ce qu'il a retenu de Murasaki – l'aspect bancaire. François rayonne. Même quand je ne dis rien, il demeure convaincu que je suis l'être le plus brillant qu'il ait jamais connu. Il n'y a aucun remède à cela. C'est mon karma. Heureusement que ce n'est qu'une opinion très peu partagée. Les autres, pour arriver à de telles conclusions, exigent des preuves dont je ne dispose pas. François, lui, m'évalue avec son cœur et non sa tête. C'est précieux, mais lourd à porter. Un dernier verre. François, un peu saoul, veut me présenter à la clientèle. Les yeux baissés de Shônagon. Je parviens, après beaucoup de négociations, à lui faire oublier cette idée. Je l'aide à se mettre debout. On se dirige vers la voiture – il faut grimper la côte qui mène à la rue Sherbrooke. Appuyé contre mon épaule, François marmonne des mots que je parviens difficilement à capter. Comme quoi il n'a jamais aimé Mlle Murasaki, mais que voyant mon intérêt pour elle, il s'est précipité sur elle. Il n'allait pas me laisser aussi le terrain des femmes. Moi, c'était les livres. Après, tout s'est enchaîné, ajoute-t-il, et je me retrouve dans une banlieue montréalaise avec une nouvelle Japonaise. Dans la vie, on prend toujours le mauvais chemin au bon moment. François tenait à me conduire chez moi, malgré le fait que je n'ai cessé de lui répéter que je préfère marcher sous cette lune claire, ce qui me rapproche toujours de Basho. Dans quelque temps, on ne pourra plus s'émerveiller d'un temps si doux – l'hiver approche. La vie de François s'est arrêtée à l'adolescence. C'est à cette époque qu'il a fait le plein de souvenirs. Tout reste circonscrit dans cet espace émotionnel. Il n'a jamais voulu quitter le moment magique. On n'était pas loin de la voiture quand sa femme m'a glissé dans la main son numéro de portable écrit sur un carton d'allumettes.

Tu fais la pute, Haruki ?

Est-ce snob que d'acheter tout ce qui coûte cher et porte une griffe ? C'est ce que Haruki a demandé à Tomo, près des toilettes. Non, répond celle-ci, sauf si tu t'en sers pour faire chier tes copines. Comment le saurais-je ? Quand c'est juste des mecs qui te complimentent, c'est un signe. Tu les connais, Tomo, elles préfèrent mourir plutôt que de remarquer ma présence. Je fais partie du décor. Des fois, j'ai l'impression d'être invisible. Je prends la couleur du paysage qui m'entoure. Je m'agglutine au groupe comme une plante grimpante. J'aimerais être comme l'eau qu'on boit qui finit par vous noyer. Pourquoi tu parles ainsi ? Qu'est-ce que tu veux prouver, Haruki ? Tu m'étonnes ! Mais j'ai toujours parlé comme ça. Je ne demande qu'un peu d'attention. Pour pouvoir te dire ça, il a fallu que je me saoule comme une botte. Tu n'es pas toujours saoule ? Non, mais je fais tout pour qu'on se tourne vers moi. Ça ne sert à rien. J'ai remarqué, Tomo, qu'on ne s'intéresse qu'à ceux qui nous méprisent. Je dis des bêtises, hein ! Ça ne m'arrive pas souvent. D'ordinaire je parle dans ma tête, et je pense deux jours avant de dire une chose à haute voix. On ne va pas m'entendre pour autant. J'ai toujours l'air de repasser les plats. On est déjà ailleurs. C'est moi le petit canard qui traîne à l'arrière. Si je veux accaparer l'attention pendant plus de dix secondes, je dois trouver quelque chose de concret, genre : « Ta robe prend feu, Hideko. » Mon record c'est une minute, et il a fallu que je tombe dans les pommes. J'ai eu droit à une remarque de Midori, ce jour-là. Sinon c'est toujours moi qui écoute. Je ne te saoule pas trop, Tomo ? Ça me fait tout drôle de parler autant. J'ai plutôt l'habitude d'analyser ce que dit l'autre. Je suis bonne pour ça, remarque. J'observe tout. Je connais les goûts de tout le monde, ce qui me permet de deviner les désirs intérieurs de chacun. J'ai l'air précieux de parler ainsi. J'ai eu trop de temps dans ma vie pour polir mes phrases dans ma tête. Je lis Proust la nuit. Et dès qu'on mentionne un truc qui intéresse quelqu'un dans le groupe, je cours l'acheter. Elles font bien attention à ne pas remarquer mon nouveau corsage ou ma broche sertie de pierres mauves. Parce que tout le monde sait, Haruki, que tu es une putain de fille de riches. Tu ne parles jamais à personne, tu nous méprises, tu n'es là que pour faire chier tes parents. Comment ça ? Dis-moi que tu rigoles, Tomo ? Tu portes toutes les fringues qui nous font envie. Il suffit qu'on parle d'une robe qu'on a vue pour que tu l'aies sur le dos le lendemain. Et ça ne rate pas. Tu fais chier, tu sais. T'es la fille la plus snob que je connaisse. Tu as toujours cet air ennuyé chaque fois qu'on essaie de s'amuser un peu. Moi, riche, alors que j'ai pas un sou. Moi, snob, alors que je crève de jalousie. Où prends-tu l'argent ? On trouve toujours de l'argent au centre-ville. Tu fais la pute, Haruki ? C'est pas ma faute s'il y a toujours un gogo qui se promène les poches bourrées de fric. Et tu couches ? Non, je suce, et seulement si j'ai besoin de fringues. J'ai un copain qui travaille dans une gym près des grands magasins, c'est là que je passe mes midis. Les fanas du biceps viennent le soir. Eux n'ont pas besoin de moi, trop occupés avec leurs muscles. Ils font des pompes jusqu'à épuisement, ils se relèvent, se regardent dans le miroir, et ça leur suffit pour jouir. Je fais dans les hommes d'affaires qui ont un petit ventre. Ils viennent brûler quelques calories avant d'aller les reprendre dans un bar de danseuses nues à côté. Bière et ailes de poulet pendant que les filles glissent le long du mât central. Sinon ils ont le choix entre une pipe ou un léger snack. Je les attends à la sortie des douches. Déjà propres. J'ai une clé qui ouvre la porte du fond. Vite fait, bien fait. Il y en a qui veulent que j'avale, c'est prix double. Cash. Je me rince la bouche. Je descends sur le trottoir. J'aime ça recevoir le soleil dans le visage. C'est mon mec, le soleil. Il m'attend toujours en bas. Je vais acheter mes fringues tout à côté, et mes broches chez Birks. Silence. Moi, dit enfin Tomo, je n'écoute pas les filles, je ne leur parle pas, je suis ici uniquement pour Midori. Je ne suis pas amoureuse de Midori, comme tout le monde croit. Arrête, Tomo, on est toutes amoureuses de Midori. Pas moi. Chacune à sa manière. Si je suis encore vivante, j'estime que je lui dois ça. C'est mon oxygène. Je crevais d'ennui avant de la rencontrer. Trouves-tu étrange qu'on puisse aimer autant quelqu'un sans en être amoureuse ? Qu'est-ce que tu essaies de me dire, Tomo ? (Un temps.) Si elle meurt, je meurs, c'est clair ! Arrête, arrête, j'en ai marre d'entendre parler de la mort. Vous autres, les filles, c'est votre sujet de prédilection. Ça me fait gerber. On dirait que c'est la saison. Où est-ce que vous avez appris qu'il fallait mourir si on aime ?

C'est bizarre, quand j'aime, j'ai plutôt envie de vivre. C'est que t'as jamais vraiment aimé, Haruki. Vous ne pouvez pas mourir sans nous bassiner les oreilles avec ça. Je n'ai pas dit que j'avais envie de mourir, Haruki, j'ai dit que Midori m'occupe. On vit toutes aux crochets d'elle. Je suis différente des autres. On dit ça. Que sais-tu des autres ? Ici tout le monde sait tout de tout le monde. Quoi que tu fasses ici, il y a une paire d'yeux qui te regarde. On t'entend penser aussi. Je ne pourrai tenir longtemps comme ça. On se parle en ce moment, les autres croient que je suis muette. Je suis sûre, Haruki, qu'il y a quelqu'un qui te pousse à acheter tout ça. Je suis trop dans ma tête pour qu'on me manipule, Tomo. C'est notre sport national. T'en sauras rien si tu ne te poses jamais la question. Écoute, ici, quand on ne manipule pas c'est qu'on est manipulée. C'est ainsi que ça marche. Tes couleurs préférées, ça vient de toi ? Tes bijoux préférés, ça vient de toi ? Ton parfum préféré, ça vient de toi ? Tes sous-vêtements préférés, ça vient de toi ? Réfléchis un peu, Haruki, et tu verras qu'il y a quelqu'un qui a les mêmes goûts que toi. Ah oui, je ne vois pas. Là, tu te défends. Laisse-toi aller. Fais comme si on parlait de quelqu'un d'autre. Fais un effort. Je ne vois rien, Tomo. Qui s'habille comme toi ? Qui porte le même parfum que toi ? Qui a la même pointure que toi ? Je ne vois toujours pas. Tu fais une drôle de pute, car d'ordinaire, elles sont plus futées que ça. Qui retrouves-tu partout où tu vas ? Oh, merde, c'est Fumi. Que veut-elle de moi ? Va le lui demander, Haruki. Jamais de la vie. Tu n'en sauras rien. Un jour, peut-être.

Chambre d'hôtel

C'est Shônagon qui a choisi l'hôtel, et c'est aussi elle qui a fixé la date et l'heure du rendez-vous. Un petit hôtel fait de briques rouges couvertes de lierre, dans l'ouest de la ville. Je n'étais pas en retard, mais elle était là avant moi. J'ai donné mon nom à la réception et on m'a dit qu'on m'attendait à la chambre 12. J'ai trouvé Shônagon assise calmement près de la fenêtre. Elle ne paraissait ni embarrassée ni intimidée. Me sourit et m'offrit de m'asseoir à côté d'elle. Ce n'était pas la même femme que j'ai rencontrée l'autre soir.

— Avez-vous déjà mangé ? me dit-elle de sa voix la plus douce.

Me voilà légèrement embarrassé.

— Non.

— Vous permettez alors ?

Elle place le panier sur une table basse au pied du lit où elle étale toutes les variétés de fruits de mer possibles.

— J'ai toujours pensé que vous étiez quelqu'un de la mer… François est un terrien, lui. Je suis de la mer aussi. C'est pour cela que François m'a attirée. On dit que les contraires s'attirent, n'est-ce pas ?

Elle prépare les bouchées tout en discutant de choses légères. Pour elle, j'ai vite compris, la conversation est une musique. Pas de sujet. On aurait rêvé d'un monde dirigé par quelqu'un d'aussi subtil que Shônagon, mais trop de finesse attire fatalement la brutalité. Notre équilibre tient à un mélange. Le déjeuner se poursuit tranquillement, et elle a su ralentir le temps à un point tel que j'imagine son impact sur l'énergie de cette ville. J'avais l'impression que la ville tournait autour d'un point central : notre chambre. La chambre est très ensoleillée, et la fenêtre donne sur un petit jardin intérieur. Les draps blancs. Les fruits colorés. Vin blanc. Fête de jour. Elle se lève avec une grâce troublante pour aller s'étendre sur le lit. Je la rejoins sans aucune avidité. Je ne veux rien initier. J'attends. Elle m'effleure l'avant-bras.

— Pourrais-je vous demander quelque chose ?

— Bien sûr.

— Je comprendrai si vous refusez…

Seigneur ! Est-ce ainsi qu'une Japonaise demande à un homme de l'honorer ?

— J'aimerais que vous me parliez de François. Je voudrais l'aimer, mais par votre voix. J'ai envie que votre voix s'infiltre jusque dans ma chair jusqu'à mon cœur. Ce cœur qui ne pourra être qu'à François.

— ?

— François n'a fait que parler de vous depuis que je le connais. Chaque geste qu'il pose c'est en fonction de vous. L'autre jour quand vous étiez à la maison, je pensais que son cœur allait exploser. Je ne l'avais jamais vu ainsi. Lui si taciturne. Je sais que c'est différent avec ses collègues. À la maison, j'ai l'impression qu'il suit un manuel du parfait mari japonais. Il a beau dire, ma part espagnole ne l'intéresse pas du tout. Quand je m'enflamme, cela le choque.

— Vous me connaissez à peine…

Elle a failli s'étrangler.

— Mais je mange avec vous, j'écoute de la musique avec vous, je suis triste avec vous, je suis heureuse avec vous, je dors avec vous, et quand mon mari me fait l'amour, j'ai l'impression que vous êtes là… Qu'est-ce que je dis là ? Vous êtes sûrement là. Peut-être même plus que lui… Vous n'avez aucune idée de la vie que je mène.

Elle pleure doucement.

— Dès qu'on s'est rencontrés, j'ai compris que ça allait être un ménage à trois…

— Et vous êtes restée ?

— C'était un défi aussi… Mais comment se battre contre des souvenirs d'adolescence. Il n'a pas un seul souvenir triste avec vous. Même les jours de malheur s'ensoleillent dans sa tête. Vous êtes son soleil. Je ne peux quand même pas lui enlever ça. C'est avec ces souvenirs qu'il arrive à survivre en hiver. Quand il fait moins vingt, il entre dans une baignoire d'eau très chaude avec sa petite valise de souvenirs… Et il garde son bonheur pendant au moins trois jours.

— Vous l'aimez beaucoup…

Elle me regarde droit dans les yeux, ce qu'elle n'avait pas fait jusqu'à présent.

— Si je l'aime ? Autant qu'il vous aime. Je ne pense qu'à lui, je ne respire que par lui, je ne rêve que de lui, je n'aime que lui… et pour savoir comme il se sent, je suis prête à aimer l'homme qu'il aime.

Elle rit en se blottissant contre moi.

— Parle-moi de lui, chuchote-t-elle. Je veux le connaître un peu.

186

— Tout ce que je peux vous dire c'est qu'au moins la moitié de ce qu'il met sur mon dos lui appartient. En parlant de moi, il parle aussi de lui.

— Je ne veux pas d'argumentation… Je sais toutes les histoires par cœur. Je veux entendre son nom, car François ne dit jamais François. Il ne dit que ton nom, jamais son nom. Parfois si je veux qu'il écoute ce que je suis en train de lui dire je n'ai qu'à glisser ton nom dans la conversation.

Le temps de regarder par la fenêtre pour tomber sur un oiseau qui passe. Je la regarde un long moment. Elle semble à bout de nerfs. Se cogner ainsi contre un mur pendant de si longues années.

— J'ai tout oublié, vous savez.

Comment pouvez-vous tout oublier ?… On ne peut pas avoir tout oublié, monsieur. La mémoire fonctionne malgré nous.

— Vous devez sûrement savoir beaucoup plus de choses sur moi que moi-même.

— Dites-moi une seule anecdote où il ne s'agit que de lui… Faites-le pour moi. Un rien. Quelque chose sans grand intérêt. Quelque chose qu'il lui est impossible de se rappeler.

Un long moment de silence. On entend les oiseaux dans le jardin.

— Ah oui… On devait se rencontrer sur la grande place. J'étais très en retard. Il dormait sur un banc. Il y avait quatre à cinq oiseaux debout sur son torse, comme s'ils le veillaient. Je suis resté longtemps à le regarder sans oser le déranger. J'ai attendu que les oiseaux partent d'eux-mêmes avant de l'approcher.

187

— Voilà, murmura Shônagon, une histoire qu'il ne peut pas connaître… Et où c'est vous qui le regardez, et non lui qui vous observe. Merci, mon ange… Il faut que je parte, mais vous pouvez rester tant que vous voulez. Si vous avez faim, faites-vous monter quelque chose… Je vais avertir la réception.

Un corps tatoué de serpents

Juste en bas de l'hôtel. Au sous-sol. Toute une ville souterraine. Des magasins bondés de petites vieilles à chapeaux fleuris qui se rendent parfois utiles en surveillant les voleurs à l'étalage. Des restos où l'on peut manger rapidement avant de retourner au boulot. Je m'assois n'importe où. Un journal traîne sur la table. Page 7 : une fille à moitié nue. C'est avec ça qu'on attrape les lecteurs. Pour 35 centimes, ça va encore. Mon café coûte deux fois plus cher. Comme je n'ai pas payé le journal, alors je rentre dans mes frais. Page 36, c'est la photo d'un de mes anciens voisins, du temps que j'habitais à côté de l'Institut des sourds et muets (cela m'a pris un moment avant de comprendre que les filles ne m'entendaient pas). Je lis dans le journal que mon voisin change de nid. Transféré dans une prison de haute sécurité. C'est maintenant une star dans le milieu carcéral. Très rare que quelqu'un ressemble autant à ce qu'il est peut-être : un tueur. Une forme d'honnêteté. Le corps entièrement tatoué de serpents, de tigres et de dragons. Souvent des noms de filles dans de gros cœurs rouges – toujours sentimental ce genre de gros bras. Quelques noms d'hommes aussi – des types qui ont eu le malheur de croiser son chemin. Qu'est-ce qu'il s'est passé ? Visage fermé. J'insiste.

Muet. Il pouvait passer des heures, assis à côté de moi sans rien dire. Au début ça m'intimidait. Au fil du temps, je finissais par supporter sa présence sans chercher à lui tirer les vers du nez. Je le faisais par curiosité, sans aucun jugement moral. Quant à moi, il pouvait bien les tuer tous. Je n'en sais rien, ce n'était peut-être qu'un assassin du dimanche. On voudrait tous avoir rencontré quelqu'un d'exceptionnel. Parfois il montait me voir pour me raconter sa journée en détail. Et là, il n'arrêtait plus. Au milieu d'une phrase, il se levait et partait. Et il se la fermait pendant un mois. J'aimais l'observer. Toujours aux aguets. Rien ne lui échappait : pas un bruit, ni un geste. De temps en temps, il allait à la fenêtre voir ce qu'il se passait dans la rue. Et il m'appelait.

— Tu le connais, lui ?

— Non.

Il ne comprenait pas qu'on pouvait vivre ainsi. À son avis, je ne semblais pas me rendre compte qu'on était dans une jungle. Une telle insouciance avait fini par l'impressionner. On s'était rencontrés par hasard, mais lui se méfie du hasard comme de la peste. Pour les mystiques c'est Dieu qui manipule tout ça. Pour lui, c'est l'inspecteur Tremblay de la GRC (Gendarmerie royale du Canada), celui qui a fini par l'épingler. Pour moi c'est qu'il y a de fortes chances qu'un voisin en croise un autre. Je venais de louer un appartement dans cet immeuble en décrépitude. Cela faisait trois jours que j'occupais la chambre 7, au deuxième. Je saluais encore les gens dans l'escalier ; même si la plupart ne me répondaient jamais. Lui, encore moins que les autres. J'ignorais qu'un simple bonjour pouvait embarrasser à ce point les gens. Il est venu, un soir, cogner à ma porte. J'allais ouvrir pour me trouver en face d'un tueur. Quelqu'un l'a payé pour me trucider. Il me tend brusquement la main. J'ai eu un recul car j'étais sûr qu'il me rentrait un couteau dans le ventre. Son rire grinçant et son absence totale d'humour n'aident pas à détendre l'atmosphère. Il franchit le seuil sans même attendre que je l'y invite. Le voilà tout de suite en train de passer l'appartement au peigne fin. J'observe du coin de l'œil ses puissants avant-bras. Me voici coincé dans une cage avec un tigre affamé. Qui a payé ma mort ? Un écrivain jaloux ? Je croyais qu'on se contentait encore de débiner son ennemi dans un des nombreux cocktails littéraires qui pullulent en ville. Il s'agite toujours sans trop prêter attention à moi. Je n'étais pas son centre d'intérêt. Il va ouvrir la fenêtre, jette un regard méfiant sur la rue avant de venir s'asseoir près de moi sur le divan. Il se tourne enfin vers moi, me regarde longuement sans dire un mot.

— Avec qui tu travailles ?

— Quoi ?

Son visage devient soudain cramoisi, comme s'il s'était assis par mégarde sur un serpent.

— Ne me réponds jamais comme ça… Tu m'entends ?

J'ai failli dire « quoi » à nouveau.

— Je ne fais partie d'aucun groupe.

Long silence. J'entends ma respiration et pas la sienne. Mon voisin répète *Hamlet*. Le tueur (je ne connais pas d'autre terme pour le qualifier) écoute un moment avant de pointer le mur du doigt.

— C'est un comédien, je fais pour couper court à toute mésinterprétation.

Il se dirige vers mes livres étalés sur la table qu'il caresse de la paume.

— Tu as lu tous ces livres ?

Je n'en ai pas beaucoup.

— Oui… Je ne garde pas les livres…

— Tu en fais quoi ?

— Je donne ceux que j'aime et à ceux que j'aime. Je jette les autres.

Il me regarde avec une étrange lueur dans les yeux. J'avais déclenché quelque chose chez le fauve. Il sourit. Ses crocs blancs. L'espace d'une seconde, je vis s'ouvrir une petite fenêtre.

— T'as pas une bière ?

J'ouvre deux bouteilles. On boit lentement.

— T'en as pas une autre ?

J'avais fait le plein hier. Chaque fois que je sortais deux bières, je mettais deux nouvelles bouteilles au frais. On n'a pas vu la nuit tomber. Soudain, il se levait et rentrait.

— T'es un bon gars… Je suis en bas, au numéro 3. Si jamais n'importe qui t'emmerde, tu descends me le dire. C'est Rejean.

On s'est serré la main. Il manquait deux doigts à Rejean. Au lieu d'avoir pitié de lui, j'en ai eu plutôt peur. La preuve que j'avais affaire à un pro. Nous sommes tous les deux des travailleurs manuels. J'ai besoin de mes doigts pour écrire. J'espère qu'on n'en viendra pas à de telles extrémités : d'avoir à couper la main d'un écrivain.

J'ai sa photo sous les yeux. Entouré d'une douzaine de policiers. Chaîne aux pieds, il monte dans une camionnette banalisée. Je ne l'aurais pas reconnu, s'il ne s'était pas retourné au dernier moment vers le photographe. Ce visage dur. Ces petits yeux. Ce sourire vicieux. Je connais un autre Rejean. Celui qui me racontait ses parties de pêche avec son père. Son enfance en Gaspésie. On pouvait voir frétiller la truite dans ses yeux.

Des bottes de cow-boy

Un soir, on cogna à ma porte. J'ouvre. Il refuse d'entrer. J'ai compris qu'il fallait le suivre. Certains animaux communiquent ainsi. Il voulait me montrer sa tanière.

— Personne n'est jamais entré ici, me dit-il.

Je ne réponds pas. Il me saute au collet.

— Je te dis que personne n'est jamais entré ici.

— C'est tout un honneur !

Il sourit. Il se démène comme quatre pour bien me recevoir. M'offrant tout ce qu'il possède. Il m'apporte un objet et, selon mon regard, il me l'arrache tout de suite des mains.

— Ça va t'emmerder…

On a bu quelques bières, et j'étais déjà à la porte quand son visage s'est illuminé. Il a cherché partout pour me trouver des bottes de cow-boy. Il semblait sûr de son coup. Je n'osais pas refuser, mais c'étaient de vieilles bottes racornies.

— C'était à un ami de mon père… J'étais sûr de trouver quelqu'un à qui les donner un jour.

Je remerciai, et remontai avec les bottes. J'étais au milieu d'un western avec Lee Van Cleef quand j'entendis cogner à la porte. Il avait le sourire d'un gosse qui s'apprêtait à faire un mauvais coup. Il m'a tendu un bouquin avec du calcaire sur la couverture. On arrivait à peine à lire le titre. Le nom de l'auteur avait disparu sous le calcaire. Il attendait toujours ma réaction. J'ouvris le livre. Les pages craquaient comme des biscuits secs. Je vois immédiatement les moustaches tombantes et le regard las.

— C'était un ami de mon père... Ils pêchaient ensemble la truite, juste derrière notre maison. Je passais des heures à les regarder par la fenêtre. On dirait deux poteaux plantés dans la rivière... Ma mère ne voulait pas que j'aille les déranger.

Je suis resté un moment à tenter de l'imaginer dans ces bottes. C'étaient les bottes de cow-boy qu'il portait tout le temps. On les voit sur les rares photos de lui. Il les avait données à son ami gaspésien qui les a refilées à son fils qui, lui, me les a offertes. Si on m'avait demandé de choisir entre la machine à écrire de l'écrivain et ses bottes, quel aurait été mon choix ? Sûrement la machine à écrire. Presque couché sur la machine, il écrivait avec ses lourds doigts. Son esprit au bout de ses doigts. C'est faux. En fait il rythmait ses livres avec ses pieds. Ses pieds dans les bottes. C'est un cow-boy. Sa phrase se faisait, selon la saison, lasso ou filet. Selon qu'il était cow-boy ou pêcheur. Il entrait dans la rivière, paraît-il, avec ses bottes. Je pensais à tout ça en frappant les bottes l'une contre l'autre. Une poussière blanche. Rejean attendait que je dise quelque chose, même s'il n'a jamais lu un seul livre de sa vie. Ces bottes, c'était son seul lien avec son père. Cet homme qui n'en faisait qu'à sa tête... Et c'était aussi un écrivain très délicat et légèrement délirant. Il écrivait comme il pêchait. Il se plantait au milieu du livre et ne bougeait plus. De temps en temps, on sentait un léger frémissement. Un poisson venait de mordre à l'hameçon. Le problème c'est qu'on ne voyait jamais le poisson. Il s'arrangeait pour le laisser filer en douce...

La pêche, l'écriture. Il me regarde d'un air dubitatif. Il n'a rien compris de mes métaphores, sauf l'émotion. Il a compris que j'étais touché.

— Je savais que tu étais pour le connaître. Mon père m'a dit qu'il était assez étrange. Ils sont morts la même année.

Je lis la dédicace : « À mon ami Rejean. »

— C'est mon père... On a le même nom...

Rejean est reparti tout de suite. Trop ému. Et j'ai déposé, sur la table, les vieilles bottes de cow-boy de l'auteur de *Tokyo Montana Express*.

Paupières closes

Je parle sans jamais avoir été au Japon. Est-ce nécessaire ? Me servant uniquement des clichés (mythes et
photos) qu'on trouve dans les magazines féminins. Je
garde une énorme pile près de la fenêtre. On se docu-
mente comme on peut. Je remarque, en feuilletant les
magazines, que les Japonaises sont obsédées par leurs
yeux. Un trait horizontal. On leur a fait croire que ce
n'était pas chic. Je peux passer des heures à essayer
de deviner ce qui se trame derrière ces paupières –
mi-closes. Une bête assoupie ou qui fait semblant de
sommeiller. J'ai eu un cours accéléré avec la bande de
Midori. Elles bougeaient devant la caméra sans s'occuper de ma présence. Sont-ce de vraies Japonaises ? Sûr
qu'elles se feront repérer au premier regard à Tokyo.
Une obsession d'authenticité. Le simili rattrape le vrai
sur le marché international. L'authenticité c'est pour
les ploucs. Les riches ont été les premiers à acheter
des bijoux bon marché et à faire croire que l'original
se trouve en sûreté dans un coffre à la banque. Ça ne
coûte pas cher et ça ressemble à s'y méprendre au vrai.
Comme on accorde toujours aux riches le bénéfice du
doute, elles n'ont qu'à dire que c'est authentique pour
que ça le devienne à l'instant. Leur parole vaut de l'or. Le
propriétaire d'un restaurant japonais se lamentait der-

nièrement à la télé d'être obligé d'inviter de jeunes étudiants à manger gratuitement, car le client n'entre pas s'il ne voit pas de Japonais aux tables. Je suis parti tout de suite après le spectacle de Midori. De toute façon, le groupe (un bassiste montréalais qui joue souvent avec les groupes underground de passage aux Foufounes électriques, une vocaliste noire qui donne un petit air jazzé au show, et Midori) devait filer à Toronto car ils ont deux spectacles là-bas. Il y a un croisement de cultures intéressant (une Japonaise, une New-Yorkaise noire et un Australien) mais cela n'a aucune incidence sur le style de musique qu'ils jouent. C'est intéressant, mais pas plus. Un peu déçu. Sauf Midori qui a quelque chose qui n'a pas encore totalement germé. J'ai marché après dans les rues de Montréal jusqu'à cette librairie qui vend des magazines féminins à 25 centimes la pièce. Je les feuillette et dès que je tombe sur un article qui parle du Japon, surtout des Japonaises, j'achète. J'ai dû prendre un taxi car j'en avais acheté trop. J'ai déposé la pile de magazines sur le lit. Je suis allé préparer du thé au moment où le concierge s'est mis à tambouriner à la porte. Il voulait son loyer. Je lui ai donné son fric sans aucune protestation. D'ordinaire, c'est des discussions à l'infini. Et jamais le premier jour des négociations. Il ne s'attendait pas à être payé tout de suite. Désarmé. La mâchoire par terre. Puis il a eu comme un doute, et m'a jeté ce regard soupçonneux que je connais bien. Il regarde la vie avec soupçon comme si c'était de la fausse monnaie. La mort lui semble plus franche. On paie les funérailles, on achète un espace dans le cimetière, tout ce qui implique l'aise et l'argent le rassure. On achète, on vend, et tout a un prix. Au fond, il était venu me donner un ultimatum : « demain dernier jour ». Et là, il a son argent en main. Il ne l'a même pas compté sous mon nez, comme il le fait à chaque fois. Une façon de m'humilier. Il s'est engouffré tout de suite dans l'escalier. Sa nuque penchée me dit qu'il est en train de compter. Je rêve qu'un jeune voyou, caché dans l'escalier, lui pique son fric. Il se serait fait tuer plutôt que de le lui donner. C'est ce qui arrivera. Je retourne à mon thé. Couché, je feuillette les magazines en notant des scènes et des noms dont j'aime la graphie et la musique. J'ai fini par aligner : Eiko, Hideko, Fumi, Noriko, Tomo, Haruki, et Takashi – pour Takashi, j'ai longtemps hésité car j'aimais bien Kazuo. Peut-être que c'est différent pour une oreille japonaise. C'est à ce moment-là que j'ai commencé à monter la petite cour autour de Midori. Un roman rêvé. Tout se passe derrière mes paupières au moment de la sieste. Tout allait bien jusqu'à ce que j'aie commencé à penser que quelqu'un devrait mourir. Pourquoi ? Aucune raison particulière. Ça roulait trop bien. Il me fallait intervenir pour briser le rythme afin de faire mienne cette histoire. Toujours s'approprier l'histoire. Pour que la littérature existe vraiment, il faudrait que les livres soient anonymes. Pas d'ego, plus d'intervention personnelle. Vous verrez. J'ai alors sorti Noriko du groupe. Maintenant il faut faire face à la question du temps. La question fondamentale pour un roman. Pour la vie d'un individu aussi. Quand va-t-on mourir ? À la question : « Parlez-nous de vous, Jorge Luis Borges » celui-ci répond : « Que voulez-vous que je vous dise de moi. Je ne sais rien de moi. Je ne sais même pas la date de ma mort. » Moi, je sais quand Noriko va mourir, mais je ne dois rien laisser paraître. Pour obéir à la règle du suspense. On doit tenir le lecteur en alerte. Je ne sais pas pourquoi. C'est une insulte à l'art d'écrire. Si le lecteur se révèle incapable de rester éveillé pour lire un livre qu'il aurait lui-même décidé de lire, alors qu'il s'endorme. Je ne vois pas pour quelle raison je me mettrais à tripoter dans son cœur, juste pour qu'il m'écoute. Bon, il y aura un mort. Ce sera ma seule concession au genre. Pour le reste, le lecteur n'a qu'à se débrouiller. Il doit bien avoir d'autres livres en circulation. S'il persiste, il se retrouvera alors avec un livre sans rime ni raison. J'entends mon éditeur. Trop d'informations dans si peu de temps, ça nuit à la fluidité des phrases. Le lecteur n'aura pas le temps de digérer, ça va trop vite, tu vas perdre ce qui fait l'intérêt de ta manière (mais qu'est-ce qui fait l'intérêt de ma manière?). Faut pas non plus que tes mains soient toujours pleines de cambouis, ni qu'on entende trop ta voix à la place des personnages. On t'entend partout, tu fais toutes les voix. C'est vrai, mais ce n'est qu'un projet. Au moment d'écrire, je m'arrangerai pour bien distribuer les rôles et les temps de parole. Il suffit, je crois, de veiller à un certain équilibre. Je vois de mieux en mieux l'histoire, ce qui me manque c'est une perspective. Une bonne raison pour écrire un tel livre. Je me demande à quoi tout ça rime. Et pourquoi toute cette agitation? On s'agite dans le livre, et on s'agite hors du livre. Pourtant, je n'ai pas bougé du divan. Oh, les humains font toujours du bruit. Tant que ça les amuse, il y aura des romans. Je crée un univers, et je n'ai pas l'intention de le partager. J'ai quelques noms de filles, un titre, des voix, une ville que je connais trop bien, et une que je ne connais pas. Je n'ai besoin de rien d'autre pour faire un roman.

À quoi sert un secret s'il reste caché au plus profond de quelqu'un ? Peut-on l'oublier ? Est-ce un secret si on l'a oublié ? Où vont les secrets oubliés ? Qu'est-ce que c'est qu'un secret ? Une chose qu'on brûle d'envie de hurler sans pouvoir le faire. Un virus mis en quarantaine. Il n'appartient pas uniquement à celui qui le détient. Où le cacher ? Quelque part dans le corps. Surtout pas dans le cœur, déjà bien occupé avec les passions. L'enfouir dans la chair. Le fameux pacte de ne jamais le révéler. L'un des deux détenteurs du secret lui accorde une importance trop grande, tandis que pour l'autre c'est une histoire assez ordinaire. Celui dont c'est le secret passe son temps à le réactiver chez l'autre. Car un secret oublié est en danger. Il peut faire irruption à tout moment au milieu d'une conversation bien arrosée. En confiant son secret à l'autre, on lui donne un pouvoir absolu sur soi. Mais on se lie à lui aussi. D'où l'aspect sexuel du secret. Quelqu'un se livre à un autre. Se dénude. Le fait entrer dans son intimité par la porte de derrière. L'étroite porte du cul. On ne cache pas un secret dans son cœur mais dans son cul. D'où le cri, juste avant de parler : « Je suis dans la merde. » On veut surtout attirer l'autre dans sa merde. Nous sommes de l'autre côté de la scène – obscène. Là où tout semble plus vrai. En fait, on est dans le cérémoniel le plus codifié. Rien de plus réglé que l'atmosphère du secret. On ne livre pas un secret sans une messe. On prend rendez-vous, car ça ne se fait pas au téléphone. On choisit un restaurant discret (ou une chambre à coucher). Cela prend un temps fou avant qu'on aborde le sujet. Celui qui reçoit le secret doit attendre jusqu'à ce que l'autre consente à en parler. C'est long et le silence y joue un rôle important. Plus le secret est banal, plus le temps d'attente s'allonge. Bon, on ne sait pas qui distribue les étoiles dans cette affaire. Ensuite, on fait passer un examen à l'autre pour savoir s'il est digne d'un secret. Même dans le cas du meilleur ami. Faut savoir ce qu'est un secret pour être en mesure d'en recevoir un. Ce n'est pas chaque jour qu'on confesse un meurtre, un cas d'inceste. Comme c'est souvent des choses qui touchent à l'ego, il faut s'assurer que l'autre ne va pas rire de vous, ou lancer : « C'est rien, ça. » Et tout de suite vous confier qu'il a couché avec sa mère. Ce n'est pas élégant, car un secret ne doit jamais en croiser un autre. Certains trouvent leur plaisir à les regarder se toucher. Un secret en cache toujours un autre qu'on veut vraiment cacher. Il y a des couches de secrets. Quand tout est secret, on se demande bien ce qui reste de vraiment secret. Un geste spontané, peut-être.

Désir d'or

Quand j'ai trop lu à la bibliothèque, je vais me reposer dans le petit parc, juste en haut de la côte. Je m'assois sur un banc, au soleil, pour penser au livre de Midori. Alors que je tente depuis le début de m'éloigner de l'écriture, on m'y remet à chaque fois. Pourquoi n'y a-t-il pas une autre manière de faire ? Par affirmation. J'affirme avoir fait un bon livre sur les vies multiples de Midori et de sa petite bande (je me suis servi des images du court-métrage pour restituer l'atmosphère trouble de ces jours tranquilles). Le titre est déjà trouvé : *A song for Midori*. Je n'en démords pas, si on a un bon titre, le reste suit. Il suffit de ne rien faire. Pas si facile. Un art perdu. On n'arrive même pas à faire une bonne sieste. Voire le vide. Ça commence toujours bien un film ou un livre. Une saine énergie de départ. Mais passé le premier quart ça dérape, et à chaque fois pour la même raison : on ne laisse pas les choses suivre leur cours naturel. Ce n'est pourtant pas différent de planter des pois : on fouille un trou, on met la graine et on la recouvre de terre, puis on arrose et on s'en va. Pas besoin de rester là à attendre que ça sorte. Il faut faire confiance à la saine logique de la nature. La littérature non plus n'aime pas ceux qui l'attendent assis comme un con en face d'une machine à écrire. Je sors prendre l'air. Deux hommes en train de décharger des caisses de bière. Un Noir et un Blanc. Immédiatement, je pense au Sud des États-Unis et à Faulkner. Et je ne suis plus dans l'histoire qui est beaucoup plus simple. Me voilà dans le social par manque de concentration. Pourtant l'art de Basho en est surtout un de concentration. Je devrais savoir la leçon depuis. Le camion crachote une fumée noire devant le bar. L'un des deux hommes est torse nu. Je vois la tête en sueur de l'autre. Ils travaillent vite sans cesser de se raconter des histoires. Des pros. J'écris vite aussi. Peut-être mal, mais toujours vite. J'affirme être le meilleur sprinter de ma génération. On devrait me croire sur parole, car tout le monde ne cultive pas pareille audace. Dire qu'il est le meilleur. Dans les autres métiers, oui, mais pas en littérature. Les sportifs annoncent, sans trembler, leur désir de l'or. Les écrivains pratiquent le flou artistique quand on leur parle de palmarès. On devrait prendre exemple sur les enfants qui n'hésitent jamais à montrer leurs biceps. Le problème c'est qu'on se méfie de ceux qui s'avancent dans la vie à visage découvert. Et on croit naïvement que l'art ne se pratique pas dans un centre sportif. Faut s'entraîner. Me voilà déjà en sueur. Je me revois dans l'univers de Midori. Défile devant mes paupières fermées, séquence par séquence, tout le film en noir et blanc de mon bref séjour là-bas avec Hideko, Noriko, Fumi, Tomo, Haruki, Eiko. Je me revois en train de marcher dans les pas de Basho. La fête violette chez Midori. La dérive dans la ville. Le paysage bariolé de l'automne. Il fait déjà moins frais avec ce soleil si éclatant. Sa douce chaleur sur mon visage. Je pourrais rester des jours sur ce banc à regarder les jeunes écureuils grimper aux arbres. Je sens l'engourdissement du sommeil. Je frissonne. Un nuage, peut-être. Tout disparaîtra (ce qu'on a vécu comme ce qu'on a rêvé). Un avenir radioactif nous attend.

Je ne suis pas Borges
et M. Tanizaki n'est pas le bon

J'ouvre lentement les yeux pour découvrir devant moi le visage rond et hilare de M. Tanizaki.

— C'est une vraie révolution là-bas... Votre livre est en train de devenir un phénomène de société.

— Quel livre ? Je n'ai pas écrit de livre.

— Je parle du livre que vous êtes en train d'écrire.

M. Tanizaki semble survolté. Il agite un mince bouquin sous mon nez. Je l'examine sans parvenir à déchiffrer un traître mot – c'est écrit en japonais. Il me le reprend des mains.

— Le titre de ce livre c'est *Je suis un écrivain malgache*, et c'est écrit par un Japonais.

— Et alors ?

— C'est ainsi que les jeunes écrivains manifestent leur mépris envers le nationalisme littéraire. Pour eux un écrivain japonais n'écrit pas forcément un roman japonais. D'ailleurs ça n'existe plus un écrivain japonais.

— C'est dommage car j'en suis un.

Il éclate de ce rire sonore et frais que je ne croyais pas possible chez un Japonais, voire un diplomate japonais.

— Leur slogan, là-bas, c'est : « Un écrivain est un écrivain. Un Japonais est un Japonais. » Pour eux ce sont deux droites parallèles. Ils l'ont scandé en faisant le tour du Salon du Livre de Tokyo. On en a parlé au journal télévisé entre un reportage sur l'agriculture et un scandale bancaire. Une telle chose était impensable il y a à peine un mois. On a parlé de littérature durant les nouvelles. Et au Japon.

Il est maintenant tout rouge, comme un joueur de squash.

— Il y a aussi cet animateur de la télé qui a écrit un livre merdique.

Il semble avoir retrouvé son énergie d'étudiant contestataire.

— Ça s'appelle *Je suis un animateur de télé japonais.* On lui a fait comprendre qu'il est complètement hors champ. Pour lui c'est sa façon de dire sa fierté d'être japonais. Baudrillard, un philosophe français, a fait publier un long article où il explique que cela sonne moins japonais quand c'est un Japonais qui dit qu'il est japonais.

M. Tanizaki continue un long moment encore à tourner autour de mon banc. Je ne l'écoutais plus que d'une oreille. Je le sens passionné par cette histoire. Si je comprends bien le débat a commencé dans un magazine culturel auquel je collabore, puis la télé a suivi et c'était dans la rue. Même l'armée s'en est mêlée depuis qu'un officier a lancé aux nouvelles du soir, au moment où toute la famille regardait la télé : « Je suis un soldat coréen. » Un officier japonais qui a dit ça. Bien sûr, il a été mis aux arrêts, mais la presse étudiante s'est déchaînée. Finalement, on l'a muté dans le Nord, une sorte d'exil. Mais le clou de l'affaire c'est un chauffeur de poids lourd, très musclé et couvert de tatouages, qui fait un spectacle de travesti tard le soir dans un petit cabaret à la sortie de la ville. Et les gens s'y précipitent. Son tube passe en boucle à la radio : *Je suis une geisha japonaise*. Tout le monde la chante dans le métro. Même les enfants. Il m'a balancé tout ça sans respirer.

— Et vous, ça va ?

— C'est magnifique ! On me prend au sérieux, au consulat, depuis cette affaire. On a même parlé de moi à la télé. Mon père m'a écrit, et c'est la première fois de sa vie qu'il s'est ouvert à quelqu'un. Ce qu'il n'avait jamais fait avec ma mère. Il regrettait de n'avoir jamais dit à ma mère qu'il l'aimait. Il m'a parlé de la guerre surtout. C'était un soldat de métier. L'armée c'est son seul univers. À la fin, il m'a embrassé. Et, ce qui m'a coupé le souffle, il n'a pas eu un mot pour le pays ou pour l'Empereur. J'ai lu sa lettre en pleurant. Une dizaine de phrases écrites au crayon… Je rentre au pays. Je vais pouvoir reprendre mon travail dans le vieux lycée où j'enseignais la poésie…

— C'est une bonne nouvelle.

— Vous vous souvenez au restaurant, vous m'avez demandé de but en blanc : « Et la poésie ? » Je n'avais rien dit. C'est ce qui a déclenché mon désir de reprendre l'enseignement. Ne jamais oublier la poésie… Oh, une importante maison d'édition m'a demandé de faire la préface de votre livre. Je vais prendre quelques jours avant de m'y mettre. Je tenais à vous dire que ce fut un honneur pour moi de vous côtoyer. Votre livre a changé ma vie.

— Mais je n'ai pas écrit de livre…

— Vous avez fait mieux, murmure-t-il l'air ému.

C'est bien d'écrire un livre, mais c'est parfois mieux de ne pas l'écrire. Je suis célèbre au Japon pour un livre que je n'ai pas écrit. Je commence à avoir faim. Je vais descendre au centre-ville m'acheter un hamburger avec des frites et un coke – la seule contribution américaine à la gastronomie universelle. Et si les frites sont molles et tièdes comme je le prévois, je me consolerai en pensant que je suis célèbre au Japon.

— Je n'ai qu'à vous souhaiter bonne chance, monsieur Tanizaki.

— Vous avez dit monsieur Tanizaki, mais ce n'est pas mon nom. C'est mon romancier préféré. Vous ne savez pas le plaisir que vous me faites... Et vous, qu'allez-vous faire ?

— Rien. Surtout rien.

— Vous n'allez quand même pas rester assis sur ce banc toute votre vie ?

— C'est une idée.

Après son départ, j'envoie tout de suite un télégramme à mon éditeur : « Je ne suis plus un écrivain. » Ce n'est pas un titre de roman. Remarque que ce ne serait pas un mauvais titre. Dans la droite ligne de ma démarche vers plus de dépouillement. Le nu absolu serait : « Je ne suis plus. » Je vais garder ces deux titres pour plus tard, quand je serai de nouveau dans la dèche. Je ne pourrai pas utiliser le « Je ne suis plus » avant d'atteindre mes quatre-vingt-dix ans.

Je descends la rue Saint-Denis pour tourner à droite sur la rue Sainte-Catherine, et me fondre dans la foule du centre-ville. Il fait ce soleil d'automne à Montréal. L'air sent bon. Les filles portent encore des jupes d'été. Et personne ne sait à présent où je suis. Ni surtout qui je suis. Pourtant je reste célèbre au Japon.

Basho ne voit pas le paysage comme un géographe. Il ne perçoit que des couleurs. Sensibilité visuelle exacerbée aux dépens d'un odorat déficient. Une bonne ouïe, c'est sûr. Il entend des musiques (la neige qui tombe) qu'une oreille normale ne perçoit pas. Basho ne se nourrit que pour continuer sa flânerie vers le nord – il entreprend de traverser le Japon pour aller voir un coucher de soleil. Durant son long périple, on le voit rarement en train de manger, et il n'évoque pas souvent le plaisir de manger. C'est là qu'il est différent du Caribéen. Par contre, il sait regarder. Un long regard où il donne l'impression de ne pas bouger. Mais le feu couve sous la cendre. On décèle une forte passion dans ses descriptions qui semblent au prime abord froides – l'hiver étant sa saison de prédilection. L'odeur de la neige fraîche annule toutes les autres, sauf celle du poisson konoshiro « dont l'odeur rappelle la chair humaine brûlée » et qu'il ne mangera d'ailleurs pas. Basho ne se tient pas en face du paysage qu'il veut décrire, mais derrière. Il est si vif qu'on ne le surprend jamais en train de passer de l'autre côté. Sauf que tout à coup les couleurs se mettent à vibrer devant nous. Les mille nuances de vert des tiges de bambou. Basho ne reconnaît qu'un maître : le paysan. Un maître qui ignore qu'il en est un. Il semble en harmonie avec la nature. La nature m'endort, moi. Le paysan se fond dans le paysage. Son chant est une leçon de style. J'ai croisé, autrefois, en allant vers le nord d'Haïti, des paysans dans une rizière. J'étais dans une Jeep rouge avec un agronome spécialiste du riz, justement qui a nommé une variété de riz du nom de sa bien-aimée. On s'est embourbés. Ils sont venus nous dépanner sans cesser de chanter. L'importance du chant dans le travail agricole ? Sert-il à renouveler l'énergie ? Des fois, on les entend à peine, puis la voix s'enfle à nouveau. Voix parfois aiguë, d'autres fois grave. Le féminin se mêle aisément au masculin. Les paysans n'ont pas peur des genres. Le chant sacré, relié au vaudou, sert de rideau qui sépare un monde d'un autre. Entre ces deux mondes se tient Legba. C'est Legba qui doit vous ouvrir la barrière si vous voulez changer de monde. On l'invoque dans le premier couplet du premier chant. Le chant les enferme dans un monde de dieux païens et de cérémonies vaudouesques. Des visages apparaissent dans le paysage. On entend d'autres noms : Damballah, Erzulie, Zaka. Zaka, le dieu de l'agriculture. Zaka, si pingre que même en dansant il ne quitte pas sa sacoche des yeux. Je les regarde se donner en spectacle en pensant que les gens de la terre sont pareils partout. Enfermés dans leurs chants et leurs rituels. Basho cherche à pénétrer les secrets d'une telle obsession. Il croit que c'est là l'origine de la poésie. Je ne crois surtout pas dans le paysan souvent fasciste, ni dans cette culture populaire toujours réactionnaire (Mishima est l'exemple de l'écrivain tombé dans le piège de la pureté identitaire), par contre Basho m'amuse.

Le dernier voyage

Je traverse la rue. Neige lourde et molle. Le soir
tombe doucement. Les feux arrière des voitures tout à
coup plus vifs. Un reflet rouge dans la gadoue glacée.
Je reçois un flocon dans l'œil. Une jeune femme, sor-
tant les bras chargés d'un grand magasin, sourit en me
croisant. Comment fait-elle avec de pareilles chaussures sur la glace. Il y a des arts plus inatteignables
que d'autres. Un homme m'accroche en passant. Je
titube. Il se retourne pour s'excuser mais je n'entends
déjà plus rien. Je continue mon chemin sans jamais
reprendre tout à fait mon équilibre. On me klaxonne
de partout. Musique urbaine. Je perçois à travers un
brouillard cette dame qui me hurle quelque chose,
avec les yeux et la bouche grands ouverts. Entre les
voitures, je cherche la fameuse barrière que Basho fut
si heureux de franchir pour prendre la route « étroite
et difficile » qui mène vers les districts du nord.

Du même auteur :

COMMENT FAIRE L'AMOUR AVEC UN NÈGRE SANS SE FATI-
    GUER, Montréal, VLB éditeur, 1985 ; Paris, Belfond,
    1989 ; Paris, J'ai lu, 1990 ; Paris, Le Serpent à Plumes,
    1999 ; Montréal, Typo, 2002.
ÉROSHIMA, Montréal, VLB éditeur, 1991 ; Montréal, Typo,
    1998.
L'ODEUR DU CAFÉ, Montréal, VLB éditeur, 1991 ; Montréal,
    Typo, 1999 ; Paris, Le Serpent à Plumes, 2001 ; Honfleur,
    Zulma, 2016.
LE GOÛT DES JEUNES FILLES, Montréal, VLB éditeur, 1992 ;
    Paris, Grasset, 2005 ; Honfleur, Zulma, 2017.
CETTE GRENADE DANS LA MAIN DU JEUNE NÈGRE EST-ELLE
    UNE ARME OU UN FRUIT ?, Montréal, VLB éditeur, 1993
    (épuisé) ; Montréal, Typo, 2000 (épuisé) ; nouvelle édi-
    tion revue par l'auteur, Montréal, VLB éditeur, 2002 ;
    Paris, Le Serpent à Plumes, 2002.
CHRONIQUE DE LA DÉRIVE DOUCE, Montréal, VLB éditeur,
    1994 ; Grasset, 2012.
PAYS SANS CHAPEAU, Montréal, Lanctôt éditeur, 1996 ;
    Montréal, Québec Loisirs, 1997 ; Paris, Le Serpent à
    Plumes, 1999 ; Montréal, Lanctôt éditeur, 1999 ; Montréal,
    Boréal, 2006.
LA CHAIR DU MAÎTRE, Montréal, Lanctôt éditeur, 1997 ;
    Paris, Le Serpent à Plumes, 2000.

LE CHARME DES APRÈS-MIDI SANS FIN, Montréal, Lanctôt éditeur, 1997 ; Paris, Le Serpent à Plumes, 1998 ; Montréal, Boréal, *collection Boréal Compact*, 2010 ; Honfleur, Zulma, 2016.

J'ÉCRIS COMME JE VIS. *Entretiens avec Bernard Magnier*, Montréal, Lanctôt éditeur, 2000 ; Paris, Éditions La passe du vent, 2000 ; Montréal, Boréal, *collection Boréal Compact*, 2010.

LE CRI DES OISEAUX FOUS, Montréal, Lanctôt éditeur, 2000 ; Paris, Le Serpent à Plumes, 2000 ; Montréal, Boréal, *collection Boréal Compact*, 2010 ; Honfleur, Zulma, 2015.

JE SUIS FATIGUÉ, Montréal, Lanctôt éditeur, 2001 ; Paris, Initiales, 2001 ; Port-au-Prince, Mémoire d'encrier, 2001.

COMMENT CONQUÉRIR L'AMÉRIQUE EN UNE NUIT, *scénario*, Montréal, Lanctôt éditeur, 2004.

LES ANNÉES 80 DANS MA VIEILLE FORD, Montréal, Mémoire d'encrier, 2004.

JE SUIS FOU DE VAVA, *collection Jeunesse*, Montréal, Éditions de la Bagnole, 2006.

VERS LE SUD, Paris, Grasset, 2006 ; Montréal, Boréal, 2007.

LA FÊTE DES MORTS, *collection Jeunesse*, Montréal, Éditions de la Bagnole, 2009.

L'ÉNIGME DU RETOUR, Paris, Grasset ; Montréal, Boréal, 2009 ; *collection Boréal Compact*, 2010.

TOUT BOUGE AUTOUR DE MOI, Paris, Grasset ; Montréal, Mémoire d'encrier, 2010.

JOURNAL D'UN ÉCRIVAIN EN PYJAMA, Paris, Grasset, 2013.

LE BAISER MAUVE DE VAVA, *collection Jeunesse*, Montréal, Éditions de la Bagnole, 2014.

L'ART PRESQUE PERDU DE NE RIEN FAIRE, Paris, Grasset, 2014.

MYTHOLOGIES AMÉRICAINES : ROMANS, Paris, Grasset, 2016.

AUTOPORTRAIT DE PARIS AVEC CHAT, Paris, Grasset, 2018 ; Montréal, Boréal, 2018.

PAPIER À BASE DE
FIBRES CERTIFIÉES

Le Livre de Poche s'engage pour
l'environnement en réduisant
l'empreinte carbone de ses livres.
Celle de cet exemplaire est de :
350 g éq. CO₂
Rendez-vous sur
www.livredepoche-durable.fr

Composition réalisée par Belle Page

Achevé d'imprimer en France par
CPI BUSSIÈRE (18200 Saint-Amand-Montrond)
en octobre 2020
N° d'impression : 2053633
Dépôt légal 1ʳᵉ publication : novembre 2012
Édition 07 - octobre 2020
LIBRAIRIE GÉNÉRALE FRANÇAISE
21, rue du Montparnasse – 75298 Paris Cedex 06

31/5667/6